우리 집에
사는
외계인들

우리 집에 사는 외계인들

이상권 장편소설

|주|자음과모음

차례

수족관에서 사는 생명 _____ 7

외계인이라는 상상이 온몸을 지배하던 시간 _____ 21

철갑상어를 키우는 서강이 _____ 42

뜻밖의 고백 _____ 60

그는 내 스타일이 아니다 _____ 73

천 살이 되면 영원한 생명을 얻는다 _____ 90

천장에 매달린 박쥐 인간 _____ 107

학폭 재판은 용병들의 전투 _____ 125

두 외계인의 전투 _____ 142

기억나는 것이 더 소중하다 _____ 157

지금까지 살아온 시간의 힘 _____ 174

나도 외계인이 아닐까? _____ 185

산다는 건 뭘까? _____ 209

작가의 말 217

수족관에서 사는 외계 생명

오늘 하루를 버텨 온 온몸의 뼈가 축 늘어진다. 초율의 입에서 한숨이 흘러나온다. 날씨 탓일 수도 있다. 벌써 35도를 웃돌고 있으니까.

초율은 직사각형 운동장의 한가운데에서 태양을 올려다보았다. 까마득한 옛날부터 인간에게 신으로 모셔진 저 거룩한 불덩어리는 5월의 기온을 날마다 경신하고 있었다. 저 신은 왜 자기 살을 태운 빛으로 수많은 행성을 먹여 살리고 있을까. 오늘 통합 과학 시험을 보면서 초율은 그런 질문의 함정에 빠져든 셈이다.

그 문제를 다시 곱씹는다. 의미는 거창해도 답은 뻔했다. 그걸 틀리다니……. 지금도 받아들일 수 없었다. 어쩌면 그 후유증인지도 모른다. 이상하게도 허탈하고 무기력해진다.

뒤따라온 윤하가 초율을 쳐다보았다. 키는 작아도 오목조목 예쁘게 다듬어진 얼굴이라 어디서나 눈에 띄는 존재다.

"초율아, 너 안색이 안 좋다! 설마 과학 하나 틀렸다고 이러는 거 아니지? 넌 과학만 빼고 올백이잖아?"

눈빛만 봐도 승부욕이 강한 아이임을 알 수 있다. 초율은 그런 윤하가 늘 부담스러웠다. 그래도 같은 아파트에 산다는 교집합이 그들을 끈끈하게 묶어 주고 있었다. 지금까지 친구라는 관계가 단단하게 유지된 것도 이 교집합의 힘이었다.

초율은 담담하게 몸 상태가 좋지 않다고 표현했다. 윤하가 진심으로 걱정하는 눈빛을 보낸다.

"그러고 보니까 너 중학교 때도 종종 이런 적이 있었던 것 같아."

"맞아, 중3일 때부터 이런 증세가 나타났어. 특히 여름이 되면 더 심해지더라."

윤하는 병원에 가서 정확하게 진찰을 받아 보라고 어깨를 툭 쳤다. 제법 어른스러운 눈빛이다. 초율이 고개를 끄덕이자 먼저 간다고 발을 빨리 놀렸다. 초율은 한 손으로 태양을 가리면서 쌍둥이 동생 선율을 떠올린다. 혹시나 하고 전화를 걸어 보자 금방 전화를 받은 선율은 망했다는 말부터 터트린다.

"너 시험 결과 물어보려고 전화한 거지?"

"그게 아니고……. 아직 학교에 있으면 같이 가자. 나 몸이 안 좋아서."

"아니, 나 지금 피시방에 있는데. 많이 안 좋아?"

"아, 아냐. 됐어."

초율은 더 맥이 빠졌다. 이젠 온몸의 뼈가 다 흐물거린다. 숨 쉬기도 힘들다.

초율은 학교를 나오자마자 그늘에 주저앉았다. 그런 식으로 네 번이나 쉬면서 걸었다. 고작 200미터 떨어진 지하철역까지 가는 데 이십 분을 소모했으니, 얼마나 힘든 상태인지 알 수 있었다.

집에 오자마자 곧장 자기 방으로 가서 침대에 쓰러졌다. 갈증이 맹렬하게 타올라도 냉장고까지 갈 힘조차 없었다. 눈을 감는다. 그때 누군가의 목소리가 울린다.

"초율아, 이리 들어와. 넌 이제 새로운 삶을 받아들일 때가 된 거야."

초율은 억지로 눈을 뜨고 주위를 두리번거린다. 누가 있을 리가 없다. 너무 힘들면 헛소리도 들리기 마련이다. 마른 숨을 고르고 다시 눈꺼풀을 내린다.

"수족관으로 들어와, 얼른! 더 지체하면 위험해질 수 있어."

허스키하고 울림이 많은 목소리였다. 초율은 상체를 일으키면서 책상 위 작은 수족관으로 눈길을 보냈다. 금붕어 한 마리가 하늘거린다.

"파란별, 지금 네가 나한테 말하는 거야?"

파란별은 금붕어 이름이다. 하얀색 비늘에 새겨진 커다란 파란별 모양을 보고 초율이 지어 줬다.

"맞아."
"잠깐, 물고기가 말을 한다고?"
"너도 아주 오래전에는 물에서 살았어. 그러니까 서로 말이 통하는 거지. 자, 어서 들어와. 물속으로 들어가고 싶다고 생각하면 저절로 순간 이동 하게 될 거야."
"아니, 그 말을 믿으라고?"
초율은 고개를 흔들면서도 어느새 물속으로 들어가고 싶다고 속삭인다. 그와 동시에 흰색 바탕에 분홍색 무늬가 또렷하게 새겨진 물고기로 변해 있었다. 물고기로 변하다니, 초율은 꿈이라고 중얼거린다. 곧 정신이 아득해진다.

*

선율은 편의점 냉장고에서 아이스크림을 끄집어내다가 뒤를 돌아보았다. 서강의 손이 선율의 어깨를 잡아당겼다. 초율이 좋아하는 아이스크림도 골라 보라는 뜻이다.
"야, 왜 걔까지 신경 써?"
"너희 집에 가서 먹을 건데, 그냥 우리만 먹기는 그렇잖아?"
"어, 우리 집에 간다고?"
"집이 코앞인데, 가서 편안하게 먹자는 뜻이지."
당황스러웠다. 딱히 안 될 거야 없다. 그래도 초율이 신경 쓰인다. 초율은 아까 몸이 좋지 않다고 했으니까. 선율은 재빠르게 휴대폰을 꺼냈다. 초율이 전화를 받지 않았다. 괜히 걱정된다. 선율은 몸이 괜찮냐고 메시지를 보냈다. 그런 다음 쭈쭈바를 하나 집어 든다.

"초율인 쭈쭈바 좋아해. 오래오래 빨아 먹는 것."

서강은 자기랑 똑같다고 맞장구쳤다. 가까이서 본 서강의 피부는 비현실적이다. 우리 또래 남자애들의 얼굴을 뒤덮고 괴롭히는 끔찍한 여드름 하나 어슬렁거리지 않는다. 목까지 내려오는 긴 머리를 양쪽으로 늘어뜨린 서강은 이마를 환히 드러내고 있다. 반곱슬이라 적당히 웨이브가 잡힌 머리카락이 찰랑거린다.

볼수록 예쁘다. 남자를 보고 이런 감정을 느낀 것도 처음이다. 이러니 아이돌급으로 인기가 좋은 건 당연한 일이다. 그런 비주얼에다 이종 격투기 실력까지 장착하고 있으니, 누구도 그를 함부로 대하지 못한다.

"이거 취미로 하는 거냐, 아니면?"

그와 제법 친해지고 나서 함께 체육관에 따라갔다가 실제로 발차기하는 서슬을 보고는 그렇게 물은 적이 있었다. 그때 서강의 얼굴은 웃음 한 방울 없이 진지했던 기억이 난다.

"아직은 취미지만 미래에는 모르지. 프로 선수로 나갈지도."

서강을 더 좋아하게 된 건 그때부터였다. 선율은 1학년 전체 남학생 중에서 가장 작다. 웬만한 여학생보다 더 왜소하다. 성적도 신통치 않다. 그런 선율이 서강과 시시덕거리며 돌아다니니 주변에서 이해할 수 없는 조합이라고 쑥덕거리는 건 당연하다.

그는 모든 게 화려하다. 최상위권 성적에다 흔히 말하는 금수저다. 그의 아버지는 사업을 하고 어머니는 대학교수다. 누나는 벌써 외국에서 대학에 다니고 있었다.

선율도 그와 친구라는 사실이 믿어지지 않을 때가 많았다. 살아가는 환경이 너무 다르기 때문이다. 홀로 두 자식을 키우는 어머니 정우 씨는 무명 배우의 삶을 청산하고 지금은 김밥 가게에 도전하고 있다.

선율은 학교에서 존재감이 전혀 없다. 정반대로 서강은 너무도 반짝거린다. 극과 극의 만남인 셈이라서, 처음에 그가 먼저 말을 걸어왔을 땐 뭔가 잘못된 게 아닌가 하는 생각을 했을 정도였다.

그러다가 그가 초율에게 관심이 많다는 것을 알게 되면서, 어떤 퍼즐 하나가 풀리는 느낌이었다. 아하, 그렇구나! 허탈해지면서도 안심이 되었다. 적어도 그가 초율과 친해질 때까지는 내가 필요할 테니까. 그렇게 정리하자 선율은 마음이 편해졌다.

엘리베이터 앞에 윤하가 서 있었다. 윤하는 초율의 절친이다. 윤하가 뒤돌아보더니 서강의 존재에 놀라 얼른 손으로 입을 가렸다. 선율이 정식으로 두 사람을 소개했다.

윤하는 엘리베이터 거울에 비친 서강을 보면서 말했다. 서강은 바른 어린이 자세로 똑바로 서서 대답했다.

10층에서 선율과 서강이 내렸다. 윤하네 집은 18층이다. 집에 들어오니 신발장 앞에 초율의 운동화 한 짝이 뒤집혀 있었다. 그걸 똑바로 놓고 초율을 부른다. 대답이 없다. 방문을 살짝 두드린다.

"야, 나 왔다. 서강이랑 같이 왔어."

슬그머니 방문을 밀었다. 문이 열린다. 침대가 텅 비어 있다. 순간 선율은 멍해진다. 다시 현관으로 나와서 신발을 확인했다. 초율의 슬리퍼도 그대로 있다. 그렇다면 분명히 집에 있어야 하지 않은가. 가방도 있고, 휴대폰까지 있으니까.

혹시 화장실에 있나? 화장실에도 없다.

두리번거리는 선율에게 서강이 다가왔다.

"왜 그러냐?"

"아니, 초율이가 없어서. 신발이랑 휴대폰까지 다 집에 있는데."

서강이 묘한 표정을 지었다. 호기심 가득한 눈빛이랄까.

이런 상황이 처음이라서 선율은 당황스러웠다. 혹시 서강이 온다는 걸 알고 숨었나? 선율은 이내 고개를 흔들어 댔다. 초율은 절대 그런 성격이 아니다.

"뭐야, 갑자기 유령이라도 된 거야?"

허탈한 웃음이 얼굴로 번진다. 다시 초율의 방으로 들어가자 서강이 따라왔다. 순간 선율이 그를 돌아다보았다. 여자 방이라지만 너무 썰렁해서 실망했지? 그렇게 묻고 싶다. 초율의 방에는 흔한 아이돌 가수 사진 한 장 볼 수 없다. 초율은 요란하게 겉으로 표현하는 걸 좋아하지 않는다.

"어, 금붕어 키우네!"

서강이 초율의 어항 앞으로 걸어간다.

"엉, 그거 초율이 반려 물고기야!"

정우 씨 말에 따르면 초율이 아장아장 걸음마를 하던 어느 날 백화점에 갔다가, 수족관에서 노는 물고기를 보자마자 사 달라고 떼를 쓰는 통에 어쩔 수 없이 들여놓은 것이다. 그때부터 지금까지 살고 있으니까, 초율을 가장 잘 아는 생명일 수도 있다.

"그런데 두 마리네? 며칠 전까지 한 마리였는데. 지난 3월에 한 마리가 죽었거든."

그날 죽은 금붕어를 아파트 화단 단풍나무 밑에다 묻어 주던 기억이 아련했다. 선율이 괜찮냐고 묻자 고개를 끄덕이던 초율의 눈빛도 또렷했다. 조만간 금붕어를 한 마리 더 사 오겠다던, 눈물이 가득 잠겨 있던 그 눈을 선율은 크레파스 그림처럼 선명하게 기억한다. 울먹울먹한 눈빛이 꼭 아이 같았기 때문이다. 그런 기억을 떠올리면서 선율은 고개를 갸우뚱한다.

"아니, 물고기 한 마리를 언제 사 왔지? 사 왔으면 사 왔다고 말이나 할 것이지."

"나도 물고기 키워."

서강이 낮게 읊조렸다. 선율이 진짜냐고 묻자, 그의 입에서 철갑상어라는 다소 낯선 물고기 이름이 나왔다.

"철갑상어? 그거 상어잖아? 상어는 엄청 클 텐데."

"물론 상어 대부분은 나보다 더 크게 자라. 근데 우리 집에 있는 건 작은 종이야. 상어는 워낙 활동적인 물고기라서 수족관 크기를 어느 정도 확보해 줘야 해. 수질 관리도 까다로워. 온도, 염도, PH 등의 수질 요소를 늘 측정해서 조절해야 하고."

"야, 나보다 초율이가 더 그 상어를 보고 싶어 하겠다!"

선율이 그의 어깨를 툭 쳤다.

"라면 먹을래? 라면 끓여 줄게."

"좋지! 난 두 개는 먹어야 해."

선율은 방을 나가다가 멈칫하면서 '달걀도 넣을 건데 싫으면 말하고'라며 덧붙였다. 서강은 라면에 달걀과 김치는 필수라고 크게 받아쳤다.

*

초율은 눈을 뜨면서 팔을 위로 뻗으려고 했다. 그래야 침대 머리맡에다 둔 휴대폰을 잡을 수 있다. 그건 오래된 버릇이다. 초율은 멈칫했다. 팔이 위로 뻗어지지 않았다. 아니, 팔이 없었다. 초율은 물속에서 아가미를 뻐끔거리고 있었다.

아, 말도 안 돼. 초율은 중얼거리면서 인공 물풀 사이로 들어오는 파란별을 마주 보았다. 푸르른 별 문양이 또렷하다.

"어때, 개운하지? 물속에서는 물 밖 세상보다 피곤하지는 않을 거야. 물 자체가 우리의 세상인데, 우린 물에 의지하면서 살거든. 가만히 있어도 쓰러지지 않으니까 그만큼 에너지를 쓸 필요도 없어."

파란별은 초음파로 말하고 있었다. 초율은 그 특별한 언어를 아무렇지 않게 해독했다.

초율은 지금까지 살아온 버릇대로 입을 벌려 말을 했다. 그래 봤자 입안에서 말이 밖으로 나가지 않았다. 그런데도 하고 싶은 말이 상대에게 전해진다는 사실이 신기하다. 초율의 몸에서도 초음파 언어가 나오고 있다고 파란별이 말해 주었다.

"네가 무슨 말을 하려고 하면, 그 생각이 초음파로 나오는 거야. 지금은 이렇게 말하는 것이 어색하지만 차차 괜찮아질 거야. 네가 인간으로 살던 것에 익숙해져서 입으로 말하는 게 당연한 것처럼 보이지만, 실은 입으로 의사소통하는 생명은 많지 않아. 대다수 생명체는 페로몬이나 초음파를 이용해."

초율은 어렸을 때부터 이런 꿈을 기다렸다고 말하고 싶었다. 구름이나 새를 타고 날아다니는 것은 꿈에서만 가능하니까. 종종 박쥐가 되어 날아다니는 꿈을 꾸었다고 재잘거리는 선율을 보면 은근히 부러웠다.

왜냐면 초율은 한 번도 그런 꿈으로부터 초대받은 적이 없었기 때문이다. 그래서 그와 비슷한 이야기가 나오는 책 속으로 더 빠져들었는지도 모른다. 초율은 환상적인 동물 이야기로 꾸며진 책만 보면 무조건 집어 들었고, 그중에서도 물고기들의 세상을 다룬 책을 가장 좋아했다.

초율은 불현듯 파란별이 혼자라는 생각을 했다. 파란별과 함께 살던 까만별의 생물학적인 삶이 마감된 것은 지난 3월 초였다. 둘이 살다가 혼자만 남게 되었으니까, 파란별의 하루하루는 외로움과의 투쟁일 것이다. 이제 시험도 끝났으니, 내일 당장 금붕어 한 마리를 사 오겠다고 초율은 힘주어 말했다.

파란별은 진심으로 고맙다고 대답했다.

"까만별은 좋은 친구였어. 근데 그 친구가 죽어서 어디로 돌아갔는지 그건 몰라. 그도 외계 별에서 온 건 분명해. 그렇지만 나한테 어디 출신인지 말하지 않았어. 뭐 그럴 만한 사정이 있겠지. 나 역시 머잖아 돌아가야 해. 난 오백 살 가깝게 살아왔거든. 살 만큼 살았다는 뜻이야. 그니까 나 때문이라면 다른 금붕어를 사 오지 않아도 돼. 외롭기는 해도 지내다 보니까, 혼자인 것도 나쁘지 않아. 다른 물고기가 오면 외롭지는 않겠지만 귀찮을 수도 있고, 내가 떠나 버리면 남은 물고기도 힘들어할 거야."

초율은 진짜 오백 살 가깝게 살았냐고 묻고 싶은 걸 꾹 참았다. 그런 물음은 아무런 의미가 없을 테니까. 초율이 물어보면 파란별이야 당연히 그렇다고 대답할 게 뻔하다. 파란별이 실제로 얼마나 살았는지 확인할 방법도 없고, 오직 파란별의 말을 신뢰하느냐 마느냐 하는 선택의 문제일 뿐이다.

"초율아. 물속에서 사는 방법을 알게 된 지금, 다시 물 밖 인간으로 살아가려면 힘든 순간이 많아질 거야. 왜냐면 넌 원래 나와 같은 물속에서 사는 외계 생명이니까. 다른 모습으로 살면서 겪을 일들 때문에 곤혹스러울 게 당연하지 않겠니?"

"하하, 외계 생명이라니!"

초율은 크게 웃고 싶었다. 그러고 보니 마음 놓고 웃어 본 적이 언제였을까. 아, 도무지 기억나지 않는다. 그만큼 웃지 않고 살아왔구나! 웃지 않고도 살 수 있구나! 적어도 중학생이 된 뒤로는 크게 웃어 본 기억을 쉽게 꺼낼 수 없었다.

한참 만에 파란별의 목소리가 울렸다.

"믿기지 않겠지만 사실이야. 넌 먼 세상에서 온 외계 생명이거든. 그니까 또 힘들어지면 당황하지 말고 얼른 근처에 있는 물속으로 들어가야 해. 그게 번거롭기는 해도, 또 그걸 인정하고 받아들이면 그만큼 편해."

"파란별, 재밌네. 너랑 이런 이야기를 하다니. 내일 밤에도 꿈에서 만났으면 좋겠어. 한 번쯤 물고기가 되는 꿈을 꾸고 싶었는데, 지금 기분이 너무 좋아. 난 물고기를 정말 좋아하니까. 가끔 친구들이 '넌 왜 물고기를 좋아하니' 하고 물으면 당황할 때도 있어. 왜 좋아하는지 언뜻 설명할 수 없거든. 난 그냥 좋아. 생각만 해도 같이 놀고 싶고, 만지고 싶어."

파란별은 초율을 똑바로 보면서 양옆에 달린 지느러미를 놀렸다. 몸이 부드럽게 인공 물풀 사이를 빠져나갔다. 초율이 그 뒤를 따라간다.

수족관 가장 안쪽에서 공기 방울이 쉼 없이 올라오고 있었다. 파란별은 수면에다 공기 방울 하나를 크게 만들어 올렸다.

"네 친구들이 강아지나 고양이를 좋아하는 거랑 네가 물고기를 좋아하는 것은 전혀 달라. 물고기는 너의 조상이니까 좋아하는 거야. 친구들은 강아지나 고양이를 살아 있는 장난감처럼 생각하는 것이고. 자, 이제 나갈 준비를 해야 해. 오늘은 처음이니까 물속에 너무 오래 있으면 안 돼. 아무리 네가 물고기의 후예라고 해도 지금은 인간으로 살고 있으니 천천히 적응할 시간이 필요한 법이지."

초율은 밖으로 나가고 싶다고 생각했다. 순간 몸이 가볍게 떠오른다. 물속에서 살다가 우화하여 허공으로 날아가는 생명들도 이런 느낌을 받겠지, 하고 상상하다 보니 수족관 밖에 나와 있었다.

초율은 피식 웃으면서 책상 위에 있는 휴대폰부터 집어 들었다. 저녁 일곱 시다. 다섯 시쯤에 집에 왔으니까 두 시간을 물속에서 보낸 셈이다.

갑자기 허기가 밀려온다. 초율은 급하게 방문을 열고 나갔다. 순간 라면 냄새와 함께 "하악!" 하고 소리치는 선율의 목소리가 집안을 흔들었다. 초율은 멈칫하다 서강과 눈이 마주쳤다.

아니, 왜 쟤가 여기 있지? 재빠르게 선율을 쳐다보면서 눈으로 물었다. 이럴 때는 초음파로 대화하고 싶다. 선율은 입을 헤벌린 채 초율이 앞으로 다가갔다.

"너 진짜 초율이 맞아? 유령 아냐?"

선율이 손을 앞으로 뻗었다. 초율은 그 손을 탁 쳤다.

서강이 허허허 웃었다. 초율은 새삼 그의 얼굴을 빤히 쳐다보았다. 소문으로만 듣던 그가 눈앞에 있다. 예상보다 훨씬 예쁘다. 남자가 저렇게 예쁠 수도 있는가. 이러니 여자애들이 난리지!

초율은 예쁘거나 잘생긴 남자를 좋아하지 않는다. 초율이 라면 남았냐고 묻자, 서강이 고개를 끄덕였다.

"응, 4인분이라 많이 남았어. 선율이 진짜 라면 잘 끓이네."

그 말이 끝나기도 전에 초율은 그릇과 젓가락을 챙겨서 그들 사이에 끼어들었다. 그녀는 거침없이 라면을 먹었다. 밥 생각까지 났다.

"야, 너희도 부족할 텐데 밥 말아 먹어."

그들은 그녀의 놀라운 식탐을 멍하니 보고만 있었다.

외계인이라는 상상이
온몸을 지배하던 시간

1학년 전체 1등은 초율이다. 선율은 그런 초율이 부러울 뿐이다. 초율은 초등학교 시절에는 공부하고 거리가 먼 아이였다. 잔병치레가 심해서 가방조차 힘겨워하던 얼굴이 생생하다. 게다가 낯가림도 심해서 걸핏하면 울어 대는 밉상이지 않았던가. 한글도 3학년이 되어서야 겨우 깨우쳤으니 얼마나 뒤진 아이였는지 알 수 있으리라.

그런 아이가 중학생이 되자마자 전혀 다른 존재로 탈피했다. 우선 키가 쑥쑥 자라서 예전의 허약한 시간을 싹 지워 버렸다. 그뿐이 아니다. 선율이 수학 공식 앞에서 당황하고 허둥거릴 때, 초율은 아무렇지도 않게 그 길을 지나갔다.

오래전부터 알고 있던 자기만의 길을 걸어가는 눈빛이랄까. 한순간에 그들의 관계가 역전된 건 당연한 일이다.

대체 무슨 일이 있었던 걸까. 멍하니 초율을 관찰한 적도 있었다. 오래오래 사물을 바라다보는 초율의 눈에는 알 수 없는 힘이 비쳤고, 꾹 다문 입술에서는 자기만의 생각을 조율해 내는 어떤 고집이 느껴졌다.

확실히 다른 존재가 되어 있었다. 어떻게 하면 그렇게 바뀔 수 있을까. 선율은 새삼 곤충의 변태를 상상하면서 걸었다.

"야, 몇 번이나 불렀는데도 대답을 안 하냐?"

뒤에서 서강이 다가왔다. 오늘은 별로 말을 섞고 싶지 않았나. 그는 다 가진 놈이다. 금수저에다 비주얼까지도 상위 0.1퍼센트에 해당하니 이런 불평등이 어딨단 말인가. 성적도 전체 5등이다.

그것도 1등부터 4등까지는 모두 여학생이니까, 남학생 중에서는 1등인 셈이다. 그런 녀석이랑 어울린다는 것이 오늘따라 너무 불편했다. 선율이 시무룩하게 쳐다보자 서강이 그의 어깨를 툭툭 쳤다.

"너 혹시 성적 때문에 그러냐? 야, 그딴 거 신경 쓰지 마라. 네가 날 어떻게 볼지 몰라도, 난 그딴 거 별로 신경 안 쓴다."

그딴 거 별로 신경 안 쓴다는 말이 더 기분 나쁘다. 그건 공부 잘하는 놈들이나 할 수 있는 말이니까. 아등바등해도 성적이 올라가지 않는 이들에게는 욕보다 더한 말이지 않은가.

"선율아, 내가 맛있는 거 쏠 테니까 가자!"

학원 앞에서 서강의 목소리가 크게 울렸다. 선율의 목소리는 소심하게 가라앉는다.

"난 학원 빠지면 안 돼. 수학이잖아?"

"하루 빼먹는다고 뭐 달라지냐?"

틀린 말은 아니다. 아무리 학원 선생님이 열변을 토해도, 학원 문을 나설 때는 다시 머릿속이 새하얘진다는 걸 잘 알고 있다. 그래도 학원에 갔다 와야 불안하지 않았다. 학원마저 가지 않으면 안 그래도 높지 않은 성적이 더 떨어지는 기분이었다. 서강의 목소리는 조금 전보다 더 크게 울렸다.

"야, 괜찮아, 괜찮아! 난 아직 학원에 한 번도 가 본 적이 없어. 자, 나랑 같이 가자!"

그래서 어쩌라고! 너 잘났다! 하마터면 그렇게 소리칠 뻔했다. 오늘따라 서강이 은근히 선율의 마음을 긁어 대고 있었다. 실망스럽다. 그런 아이였구나! 겉으로는 상남자로 보이지만 은근히 자기 생각에 갇혀 있는 아이. 그렇게 부정적인 생각에 빠져들었다.

학원 교실에 들어서자 카톡 메시지 알람이 울렸다. 서강이 보낸 메시지다.

[선율아, 아까 내가 한 말 신경 쓰지 마라. 돌이켜 보니, 네 입장에서는 재수 없었을 수도 있겠다. 내 말투가 그래. 그래서 자주 오해받아. 근데 그건 진심이 아냐. 오늘 너랑 같이 놀고 싶어서 그랬어.]

[그래도 넌 나보다 게임을 더 잘하잖아? 난 그게 진심 부러운데. 물론

이 말도 너한테는 재수 없을 수도 있겠지만.]
[에구, 내 말투를 어떻게 바꾼담!]
[그나저나 그날 초율이 갑자기 방에서 나온 것은 미스터리 같아. 유령처럼 방에서 나오다니! 난 그때가 자꾸 생각나.]

그의 메시지에서 진심이 느껴지자 괜히 미안해진다.
선율은 서둘러 괜찮다고 답장을 보냈다. 이런 친구가 있는 게 얼마나 행운인가.

[나도 그날만 생각하면 오싹 소름이 돋아. 어디 방구석에 바퀴벌레가 되어서 처박혀 있다가 나왔는지 몰라도, 아무리 물어봐도 대답하지 않아.]

아인슈타인 같은 머리 스타일을 가진 선생님이 느릿느릿 들어왔다. 늘 자신감이 가득 찬 몸짓이다. 오늘따라 학원 선생님이 부러워진다.
선율은 집중하려고 애를 썼다. 구걸하는 눈빛으로 그를 바라보는 자신이 바보 같다. 불쌍하다. 가련하다. 오늘따라 그런 감정이 끝없이 밀려왔다. 어떻게 하면 공부를 잘할 수 있을까.
혼자 두 자식을 키우는 정우 씨에게 힘이 되고 싶었다. 정우 씨는 공부를 못한다고 타박하지 않았다. 그저 건강하게만 자라 달라고 할 뿐이다. 그게 정우 씨의 진심이라는 걸 알지만, 마음속에 또 다른 진심이 있다는 걸 알고 있다. 고등학교에 입학하자 그런 압박이 훨씬 가슴을 조였다. 이래저래 마음이 어지럽다.

선율은 천재 소년이라는 별명을 씹어 먹으며 어린 시절을 지나왔다. 음악회에서 들은 연주곡을 집에 와서 피아노로 재연할 수 있었고, 서울의 모든 지하철역을 한 번에 기억할 수 있었으며, 스쳐 가는 자동차의 번호판도 줄줄 나열하는 힘이 있었다. 한글보다 영어를 더 먼저 알았다. 유치원도 가기 전에 혼자 깨우친 기적이었다.

그러고 보면 선율은 학교의 도움을 전혀 받지 못한 셈이다. 도움은커녕 오히려 퇴보가 아닐까. 초등학교에 들어선 순간부터 평범해졌으니까. 어느 순간 절대 음감도 사라지고, 기억력도 약해졌다. 한때 자신이 천재 소년이었다는 기억이 다른 생에서의 시간 같다.

학원을 나온 선율은 터덜터덜 걸었다. 편의점 앞에서 윤하의 목소리가 들렸다. 윤하가 파라솔 아래서 음료수를 마시고 있었다.

"너도 먹을래? 사 줄게."

"어엉."

어느새 윤하가 편의점 안으로 들어갔다. 뭐라 말하기도 전에 선율이 즐겨 먹는 탄산음료를 찾아냈다. 감동적이다. 종일 우울하던 기분이 맑게 정화되는 느낌이랄까.

선율의 이상형이 눈앞에 서 있다. 유독 하얀 피부를 가진 윤하의 송아지 눈. 눈이 큰 사람은 세상을 맑게 본다. 그러니 영혼이 맑은 건 당연하리라. 선율은 그렇게 믿고 싶었다.

윤하의 성적은 전체 2등이다. 초율에게 밀린 것이다. 다음에는 그녀가 정상에 오를 것이다. 선율은 그렇게 응원해 주고 싶다. 그러다가도 그녀가 공부를 조금만 못한다면 얼마나 좋을까, 하고 한숨을 내뱉었다. 그렇다면 더 자신 있게 윤하를 바라볼 수 있을 텐데.

사실 시간이 흐를수록 윤하하고는 점점 더 멀어지고 있었다. 선율은 그런 현실을 인정하지 않으려고 얼마나 바둥거렸는지 모른다. 모든 과목을 학원에서 보충했으나 오히려 중학생 때보다 성적은 더 추락하고 있었다. 절망적이다.

윤하는 옆모습이 더 예쁘다. 귀 아래쪽에 숨겨진 까만 점이 눈에 들어온다. 어쩌면 그것이 윤하를 통제하고 있을지도 모른다. 선율은 그것에게 부탁하고 싶었다. 제발 내가 괜찮은 남자라고 잘 어필해 달라고. 그런 상상을 하다가 어이가 없어서 그만 피식 웃었다.

그때 윤하 목소리가 들렸다.

"선율아, 부탁이 있어."

선율은 무슨 부탁이냐고 물었다. 윤하는 뭔가 간절한 눈빛으로 쳐다본다.

"너, 서강이랑 친하지? 그래서 이것 좀 전해 달라고."

노란색 편지봉투가 윤하의 손에 들려 있다. 겉봉에는 아무런 말이 쓰여 있지 않은 채 밀봉되어 있다. 윤하는 카톡으로 서강에게 고백했다고 했다.

그러나 서강은 아무런 반응도 보이지 않았다고, 윤하는 고개를 숙였다. 순간 자존심이 상해서 포기하려고 했다면서 한숨을 토해 냈다.

하지만 그게 마음대로 되지 않는다며 오히려 그를 좋아하는 마음이 더 아프게 덧나고 있다 말했다. 고민하다가 대학생 언니한테 상담했더니, 이 고전적인 방법을 알려 줬다는 것이다. 손 편지에 담긴 진심이 상대방의 마음을 움직일 거라고 확신하면서.

아, 오늘은 정말 최악의 날이다.

선율은 집으로 돌아오자마자 침대에다 몸을 던졌다. 휴대폰이 울렸다. 서강이다. 선율은 휴대폰 알람을 무음으로 설정했다. 서강의 잘난 얼굴만 떠올리면 자동으로 윤하와 연결되었다.

선율은 호주머니에서 윤하의 편지를 끄집어내서 팽개쳤다. 나를 이렇게 이용하다니, 나쁜 년! 갑자기 욕설이 터져 나왔다. 이건 상상조차 할 수 없는 일이다. 마음속 성스러운 꽃 윤하의 얼굴이 일그러지고 있었다.

*

초율은 아파트 현관 앞에서 정우 씨의 전화를 받았다.

"딸, 배고프지? 엄마 지금 집에 가는 중이거든. 오늘은 밖에서 먹자."

"그래요. 아예 지금 식당을 정해요."

초율은 정우 씨에게 꼬박꼬박 존댓말을 했다. 언제부터 그랬는지 그건 모른다. 아무튼 그렇게 하는 게 편했다. 그래도 호칭은 엄마라고 부른다. 사실 호칭도 어머니라고 존대하고 싶었다. 엄마라고 부르면서 자꾸만 반말로 투정 부리는 선율을 볼 때마다 그런 충동을 느꼈다.

그런데 막상 어머니라는 존대어를 입안에서 굴리다 보면 이상하게도 정우 씨의 얼굴이 낯설어졌다. 왜 그런지 모르겠다. 그래서 어머니라는 말을 억지로 삼키고 애써 엄마라고 불렀다.

"그럼 우리 고기 먹자. 우린 고기를 너무 안 먹어. 엄마가 고기를 좋아하지 않다 보니 그런가 봐. 너희는 한창 자랄 때니까 고기를 자주 먹어 줘야 하는데."

"좋아요. 그럼 거기서 봐요. 돌판에다 김치 올려놓고 구워 먹는 집."

"초율아, 근데 선율이 무슨 일 있니? 전화도 안 받고, 카톡도 씹고."

피식 웃음이 나왔다. 다 알고 있으면서 모른 척하는 정우 씨의 속마음을 예측할 수 있었다. 정우 씨는 성적에 대해 직접 묻지 않았다.

성적이 나올 때쯤 이런 식으로 자리를 마련하여 대충 상황을 파악하는 고수다. 오늘 밤 외식도 그런 자리가 아니겠는가. 고등학교에 와서 치른 첫 시험이니까, 적당히 위로하는 척하면서 긴장감을 줄 필요가 있었을 것이다.

그렇다고 불쾌하다는 뜻은 아니다. 초율은 자식들을 교묘하게 통제하는 정우 씨의 통치술을 기꺼이 인정한다. 겉으로야 살아가는 데 공부가 절대적인 잣대가 아니라 해도, 그 속은 다를 테니까. 초율은 그렇게 정우 씨의 속셈을 추측하면서 낮게 대꾸했다.

"뭐 성적 때문에 그러겠죠. 걔가 은근히 성적에 매달리잖아요?"

"아, 그렇구나! 너도 선율이한테 그런 말은 하지 마라."

"엄마, 내가 그런 말 하면 걔가 가만있겠어요?"

"그래, 넌 어때? 뭐 첫 시험이라 크게 중요한 건 아니지만."

금세 정우 씨가 본색을 드러냈다. 중간고사 성적이 궁금한 모양이다. 어찌 보면 고마운 일이다. 자식에 대해서 늘 신경 쓰고 있다는 뜻이니까.

사실 정우 씨의 삶을 보면 자식을 신경 쓸 겨를이 없다. 정우 씨는 김밥집을 운영한다. 체인점이 아니라서 더 필사적으로 시간을 투자해야 한다. 정우 씨는 연극하다가 만난 친구 소영 씨랑 나이

오십에 외통수 같은 승부수를 띄웠으니, 비장할 수밖에 없었다.

야심차게 시작한 김밥집이 망하면 빚더미에 눌려 신용 불량자로 비참하게 추락한다. 연극판을 떠나면서 두 사람은 반드시 성공하여 새로운 삶을 살아가자고 의지를 불태웠다.

정우 씨가 더 절실했다. 정우 씨에게는 블랙홀처럼 돈을 빨아들이는 두 자식이 있기 때문이다. 독신인 소영 씨는 그나마 조금은 여유가 있다.

두 사람은 최대한 좋은 재료로 만든 김밥을 싸게 파는 전략을 내세웠다. 처음에는 매출이 좋았지만 오래가지 않았다. 근처에 거대한 자본의 첨병인 프랜차이즈 김밥집이 세 개나 들어섰다.

그들이 순식간에 단체 손님과 배달 손님을 장악해 버렸고, 직접 찾아오는 손님도 하나씩 자기들 쪽으로 끌어당기고 있었다. 그들의 전략은 경쟁업체가 몰락할 때까지 가격 경쟁을 하는 거였다. 정우 씨의 김밥집은 수세에 몰렸다. 몰락하지 않으려면 새로운 전략으로 맞서야 한다.

그러려면 맛으로 승부를 내야만 한다. 음식의 다양성으로 이 위기를 돌파해야 한다. 정우 씨는 새벽에 나갔다가 점점 늦게 집에 들어왔다. 그런 정우 씨를 볼 때마다 초율은 미안하고 고마우면서도, 학교생활에 대해서 한 마디도 묻지 않는 그녀에게 서운하기도 했다.

그러니까 자식이란 부모에게는 철저하게 이기적인 존재일 수밖에 없다. 그렇게 태어난 걸 어쩌란 말인가. 초율은 그런 식으로 냉정하게 자신을 합리화하면서 살아오고 있었다.

"보통 중간고사에는 전 과목 만점자가 제법 나온다고 하던데, 이번에는 한 명도 없어요. 다들 첫 시험이라 긴장한 것 같아요. 윤하도 그렇고……. 걔가 공부 잘하잖아요? 일찍부터 의대 반에서 공부했고요. 그런데 저보다 못 봤어요. 성적은 제가 가장 좋아요. 통합 과학에서만 하나 틀렸거든요. 근데 만족스럽지는 않아요."

"오, 우리 딸 대단해! 자랑스럽다! 근데, 왜 만족스럽지 않다는 거니?"

"이번 시험은 저한테 운이 따랐거든요. 물리에서 가장 쉬운 걸 하나 틀렸지만 다른 시험에서 긴가민가해서 찍은 것들이 다 맞았어요. 결국 운 좋게 좋은 성적이 나온 거죠. 한편으로는 그런 생각도 들어요. 왜 모든 공부는 이렇게 평가받아야 하나? 과학도 시험 보기 위해서 배운다는 게……. 그냥 더 알고 싶은데…… 그것만 파고들면 다른 걸 할 수 없잖아요? 수학도 시험 보기 위해서 공부한다고 생각하면 재미가 없어져요. 수학은 아주 옛날부터 있었잖아요? 그때는 수학이 철학이었잖아요? 저는 그런 수학을 배우고 싶어요. 근데 그럴 수 없다고 하니까 재미없고……. 엄마, 계속 공부 잘할 자신이 없어요. 다른 친구들한테 눈치받고 견제받는 것도 싫고요. 벌써 친구들이 나를 보는 시선이 그래요. 공부 좀 하는 애들은 속으로는 나를 타도하려고 날을 갈고 있으면서도 겉으로는 히히히 하면서 친해지자고 하고, 공부하고 먼 애들은 아예 근처에도 오지 않아요. 난 그런 거 싫어요."

저도 모르게 초율은 자기 속을 다 드러내고야 말았다. 이러고 나면 보통 후련해야 하는데, 이상하게도 당황스러웠다. 너무 쉽게 속마음을 다 보여 준 게 아닐까.

초율은 늘 이런 식이었다. 겉으로 보기에는 까칠하고 냉정해 보이다가도 조금만 긴장이 풀리면 자기 마음의 문을 활짝 열어 버린다.

가만히 듣고 있던 정우 씨가 조용히 웃었다.

"딸, 괜찮아. 다음번 시험에서 지금보다 훨씬 많이 틀려도 괜찮아. 당연히 학생이니까 성적이 중요하지만, 엄만 그게 전부라고는 생각하지 않으니까. 그건 분명해."

"엄마, 고마워요."

정우 씨는 이따가 만나서 못 한 이야기를 하자며 전화를 끊었다.

집으로 들어온 초율은 현관에서 소리쳤다.

"야, 정선율! 엄마가 회식하재! 너 좋아하는 삼겹살 먹으러 가자!"

선율이 대답하지 않았다. 그래도 알아들었을 것이다.

초율은 책상 위에 있는 수족관부터 들여다보았다. 파란별이 부드럽게 지느러미를 흔들면서 수면으로 떠오른다.

"오늘도 지쳐 보이네! 힘들면 잠깐 들어와서 쉬어. 내가 말했지? 넌 물속으로 들어오는 순간부터 몸이 편안해지면서 에너지가 충전되기 시작한다고. 물속에서 명상한다고 생각해."

벌써 3일째 이 신비로운 황홀함을 체험하고 있었다. 파란별의 초음파를 해독하면서도, 물고기랑 대화한다는 사실이 믿어지지 않는다. 초율은 눈을 크게 뜨면서 파란별을 내려다본다.

"이제 너와 대화하고 있다는 게 꿈이 아니라는 건 확실하게 알겠지만, 내가 외계 생명이라는 말은 아직도 믿어지지 않아. 사실 피곤해서 당장이라도 물속에서 쉬고 싶어. 하지만 오늘은 이따가 물속으로 들어갈게. 지금은 나가야 해. 우리 식구 회식이 있거든."

굳이 입으로 말하지 않아도, 하고 싶은 말을 생각만 해도 파란별에게 전달된다는 사실이 그저 신기할 따름이다. 초율의 몸 어디엔가 있는 초음파의 기지에서 그 신비로운 언어가 출항하여 허공으로 퍼져 나갔다.

"그래, 많이 먹고 와. 인간만큼 큰 체형을 가진 생명의 단점은 그만큼 많이 먹어야 한다는 거야. 더구나 너처럼 성장기에 있는 인간이라면 고기도 많이 먹어야 해. 인간이 지금보다 절반만 작았더라도 지구는 훨씬 더 평화로운 세상일 텐데. 문제는 인간이 앞으로도 계속 커진다는 거야. 더 커지고, 더 잘살려고 하는 욕망을 꺾을 수는 없겠지. 결국 그 욕망이 인간의 발목을 잡게 될 거야."

"알았어. 그 이야기는 나중에 하고. 너도 밥 줄게."

초율은 금붕어 사료를 수족관 위에다 살짝 떨어트렸다. 사료가 수면에 둥둥 떠다닌다.

파란별은 큰 입으로 사료를 하나씩 낚아챘다. 너무 빨리 먹어서 사료를 조금 더 주었다. 파란별의 아랫배가 불룩해졌다. 그걸 보자 웃음이 나온다.

초율은 외출 준비를 마치고 다시금 선율을 불렀다. 아무런 대답이 없었다. 슬슬 짜증 지수가 높아진다. 선율의 방문을 발로 몇 번 건드린다.

"정선율! 내 말 안 들려? 엄마가 기다린다고! 어서 가자!"

초율은 방문을 발로 밀어 보았다. 열리지 않는다.

"야, 정선율! 몇 번이나 말해야 돼! 빨리 나가자고!"

그제야 방문이 열렸다. 자다가 일어났는지 머리카락이 엉망이었다.

"난 가기 싫어. 별로 고기 생각도 없고. 그냥 둘이 먹고 와."

선율은 삼겹살이라면 자다가도 벌떡 일어날 만큼 좋아한다. 당연히 이런 모습이 낯설다. 선율은 어느새 침대 이불 속으로 사라졌다.

"야, 그래도 모처럼 엄마가 시간 냈잖아? 어서 일어나서 가자."

초율은 애써 선율을 달랬다. 선율은 이불까지 둘둘 말아서 번데기 모드로 전환한 다음, 싫다고 소리쳤다. 이럴 때는 선율이 아이 같다. 만약 선율이 먼저 태어나서 오빠가 되었어도 이랬을까. 초율은 고개를 흔들었다. 만약 그랬다면 지금의 선율과는 달라졌을지도 모른다.

"너 왜 그래? 설마 성적 때문에 그러니? 엄마는 그런 걸로 뭐라 하지 않잖아?"

"야, 시끄럽다고! 진짜 안 나갈 거야. 강제로 쫓아낸다아."

선율이 벌떡 일어나더니 순식간에 초율을 밀어내고는 문을 소리 나게 닫았다.

초율은 망설이다가 정우 씨에게 전화를 걸었다.

"그럼 너만 나와. 이따가 집에 들어갈 때 치킨이나 사 가면 되지."

초율도 별로 고기에 대한 욕구가 없어서 적당한 구실로 정우 씨를 불러들이고 싶었다. 그런데 정우 씨가 밥 먹고 금붕어도 사러 가자고 말하자 마음이 달라졌다.

"며칠 전에 백화점에 갔다가 은색 바탕에 까만 별 모양의 물고기를 봤거든. 그때 죽은 물고기랑 거의 비슷했어. 그런 문양은 드물잖아?"

그 말을 듣고 초율은 서둘러 밖으로 나갔다.

정우 씨는 아들이 나오지 않아 아쉽기는 해도 이렇게 둘만의 시간을 갖는 것도 나쁘지 않다고 웃었다. 초율도 고개를 끄덕였다. 아무리 기억을 더듬어도 정우 씨랑 단둘이 외식했던 시간이 떠오르지 않는다.

막상 돌판에 고기가 구워지자 식욕이 맹렬하게 끓어오른다. 두 사람은 한동안 아무런 말 없이 배를 채웠다. 밥까지 볶아 먹고 나서야 정우 씨가 포만감 가득한 표정을 지었다. 정우 씨가 초율을 보고 환하게 웃는다.

"엄마는 마을 연극단을 하기로 했다. 오늘 발표가 났는데, 지원금을 받게 됐어. 소영이 이모랑 같이 신청했거든. 제법 큰 금액이야."

"와, 축하해요! 그래서 엄마가 기분이 좋아 보였군요?"

"그래, 나한테는 정말 중요한 일이거든. 엄마랑 소영이 이모가 연출하고, 배우도 다 모집하고, 공연까지 하는 거야."

"그걸 어떻게 해요?"

"이 지역 연극 모임을 알고 있어. 엄마도 회원이야. 그 사람들이랑 하면 돼."

초율은 새삼 정우 씨를 빤히 쳐다보았다. 혼자 두 아이를 이끌고 힘겹게 살아온 것에 비하면 얼굴이 맑고 어려 보이는 편이다. 어쩌면 일찍 아이를 낳아서 그런지도 모른다. 정우 씨는 이십 대 초반에 쌍둥이를 낳았다고 했으니까.

연극을 하겠다고 극단에 들어가서 좌충우돌하다가 생일을 맞이했다고 했다. 그날따라 부슬부슬 비까지 내렸다고 지긋하게 눈을 감던 정우 씨의 얼굴이 아련하다.

당시 극단에서 정우 씨의 생일을 알고 있는 사람은 아무도 없었다. 혼자 쓸쓸하게 저녁을 먹던 정우 씨는 극단의 간판 배우인

눈표범(정우 씨는 몇 번이나 물어도 단호하게 눈표범이라고 대답한다)을 만났다.

눈표범이 정우 씨를 보고는, 너 많이 야위었다고 하면서 건강은 스스로 챙기는 것이라고 하더니 용돈까지 챙겨 주었다. 정우 씨는 그 따뜻한 눈빛이 한없이 좋았다는 말도 몇 번이나 되풀이했다. 그들은 종종 만나서 밥을 먹거나 술을 마셨다. 정우 씨는 아무런 조건 없이 그의 사랑을 받아들였다.

쌍둥이를 낳고 그 단체를 떠나려고 했을 때, 눈표범이 먼저 그곳을 떠났다. 몇 년 뒤 눈표범은 대기업 회장의 셋째 딸이랑 결혼했다. 정우 씨는 그를 미워한 적이 없다. 두 아이를 짊어지고 가다가 너무 힘들어서 울음이 터질 때, 그가 떠오른 적도 있었다. 그때마다 정우 씨는 그냥 무지개일 뿐이라고 중얼거리면서 그를 지워 내는 연습을 했다.

몇 번 다른 남자랑 사랑하고, 프러포즈를 받기도 했다. 그걸 거절하면서 남자를 울린 적도 있었다. 상대가 두 아이를 자기 자식으로 받아들이겠다고 해도 그녀의 마음이 움직이지 않았다고 한다. 정우 씨는 운 좋게 영화배우로 캐스팅되어 여자 조연을 맡은 적도 있다. 그 뒤로도 몇몇 영화에서 단역으로 출연하기도 했다.

딱 거기까지 버틸 수 있었다고 입술을 깨물며 애써 웃던 정우 씨를 기억할 때마다, 초율은 괜히 서글퍼졌다. 아이들이 중학생이 되자 상상도 할 수 없는 돈이 필요했으리라. 결국 정우 씨는 이십 년간 빚어 온 배우의 꿈을 놓아 버렸고, 그 꿈을 향해 걸어온 한 소녀를 떠올리면서 얼마나 아파했을까.

그런 정우 씨의 과거를 알았을 때, 초율은 그녀의 딸이라 미안하다고 말했던 기억이 새삼 생생해졌다. 정우 씨가 그럴 필요가 없다고 해도, 떠오른 감정을 떨쳐 낼 수 없었다.

만약 정우 씨에게 자식이 없었다면 어떻게 되었을까. 정우 씨의 삶은 지금과 달랐을 것이다. 설령 결혼했더라도 지금보다는 훨씬 우아한 삶을 누리고 있을지도 모른다.

초율은 그런 기억을 한동안 곱씹다가 일부러 힘주어 축하한다고 말했다.

"엄마는 제가 상상조차 할 수 없는 힘을 갖고 있어요. 새삼 그게 느껴져요."

"그래, 고마워. 나이 들어가면서, 내가 하고 싶은 일을 할 수 있다는 게 얼마나 좋은지 몰라. 이제 누구 눈치 볼 필요도 없고, 내 맘껏 하면 되는 것이지. 물론 힘들겠지만, 그런 건 하나도 겁나지 않아."

순간적으로 초율은 손을 쭉 뻗어 정우 씨 손을 잡았다. 정우 씨는 뭔가 감정이 복받치자 슬쩍 딸의 눈을 피했다. 잠시 뒤 화장실에 다녀오더니 금붕어 사러 가자고 손짓했다.

"엄마, 금붕어는 안 사도 돼요."

"왜? 한 마리만 있으니까 외롭잖아? 난 그게 늘 마음에 걸렸는데."

초율은 일부러 헤헤헤 웃었다.

"파란별이 괜찮대요. 혼자가 더 좋대요. 이제 나이 들어서 그렇다고요."

그렇게 말해 놓고도 정우 씨가 어떻게 받아들일지 몰라서 계속 헤헤헤 웃었다. 뜻밖에도 정우 씨는 딸의 말을 아무렇지도 않게 받아들였다.

"정말? 허허허, 근데 그럴 수 있겠다. 파란별은 나이가 많잖아? 우리 집에서만 십오 년 정도 살았으니까. 금붕어가 얼마나 사는지 모르겠지만, 그 정도면 인간의 나이로는 아마 백 살은 훨씬 넘게 살았다고 봐야 하지 않을까?"

초율은 고개를 끄덕이다가 정우 씨를 보고 다시 웃음을 흘린다.

"근데 엄마, 제 말 믿는 거죠?"

"안 믿을 게 뭐 있니? 반려동물 키우는 사람들이 그렇다고 하잖아? 어떤 사람들은 반려동물이랑 멀리 떨어졌어도 서로 소통한대. 텔레파시 같은 것으로."

만약 다른 사람이 이 대화를 듣고 있다면 뭐라고 할까. 딸도 이상하지만 정우 씨가 더 황당하다고 고개를 절레절레 흔들어 대지 않을까.

정우 씨는 이렇게 비이성적으로 상황을 판단할 때가 있다. 그래서 연극 속 상상의 세상에서 살아가는 배우를 꿈꿨을 수도 있다.

아무리 물어도 더 이상 말해 주지 않는 아버지라는 존재. 그를 미워하지 않는 대신에 자기 곁을 떠나 히말라야 설산에서 살아가는 눈표범 같은 존재라고 믿는 것도 이해가 된다.

초율도 정우 씨의 생각에 동의했다. 어차피 지금 아버지의 부재를 현실적으로 고민한다고 해도 달라지는 건 없을 테니까. 오히려 더 혼란스러울 뿐이고, 신경 쓴 적 없는 그의 빈자리를 인식하면 서로가 힘들어질 수도 있다. 그럴 바에야 비현실적인 것으로 남겨 두는 게 가장 현명한 판단이었다.

초율은 그런 생각에서 빠져나오려고 약간 머뭇거리다가 신중하게 말했다.

"아, 엄마 말이 맞아요. 근데 외계 생명은 존재할까요?"

정우 씨는 새삼스럽게 그런 걸 묻냐는 투로 대답했다.

"당연하지. 저 우주 공간에 생명이 사는 별 하나 없겠냐?"

"아니, 그게 아니고……. 우리 주위에 외계 생명이 이미 와서 살고 있을 수도 있잖아요?"

"나도 그렇게 생각해. 근데 왜 그런 말을 하니?"

"그러니까요. 초딩도 아니고, 제가 이런 말을 하게 될 줄은 몰랐어요. 엄마가 들으면 놀라시겠지만, 저는 요즘 힘들 때마다 금붕어가 사는 수족관으로 들어가요. 그냥 그렇게 되더라고요. 그럼 몸이 편안해지고, 마치 제 몸이 충전되는 것 같아요. 파란별이 외계 생명이래요. 저도 파란별이랑 같은 별에서 왔대요."

정우 씨의 눈을 보면서 초율은 조심스럽게 말했다. 조금이라도 정우 씨가 황당한 기색을 보이면 재빠르게 농담이라고 하면서 화제를 바꿀 요량으로. 그런데 정우 씨는 호기심 가득한 눈을 크게 뜨고는 맞장구치는 게 아닌가.

"너는 내가 어렸을 때랑 똑같아. 아니 어렸을 때도 아니지. 너보다 조금 빨랐나? 난 중학생 때 그런 상상을 많이 했어. 내가 외계에서 온 생명이라는 생각이 들었고, 그런 꿈도 꿨거든. 나도 바다 깊은 곳에 사는 물고기가 되어서 심해를 돌아다니는 꿈을 꿨던 것 같아. 생각해 보니 엄마의 사춘기는 그런 식으로 찾아왔었네. 다른 애들처럼 감정적으로 예민해지거나 걸핏하면 화를 내는 게 아니라, 내가 외계인이라는 상상이 온몸을 지배했던 것 같아. 우리 딸도 사춘기가 왔나 보네."

"이게 사춘기라고요?"

하하, 초율은 어이가 없었다. 더 말하고 싶지 않다.

"이 시기만 넘어가면 괜찮을 거야. 다 그럴 때가 있거든."

어느새 정우 씨는 평범한 엄마가 되어 있었다. 초율은 맥이 빠지면서도 한편으로는 잘된 일이라고 중얼거린다.

철갑상어를 키우는 서강이

 급속하게 몸이 피곤해진다. 정우 씨랑 더 이야기하고 싶어도 앉아 있는 게 힘들다. 초율은 피곤하다고 솔직하게 말했다. 정우 씨는 그런 딸을 쳐다본다. 이럴 때마다 정우 씨의 눈에서 더듬이가 느껴진다.
 "안 그래도 걱정했어. 요즘 네 얼굴이 부쩍 야윈 것 같아서. 넌 어렸을 때 살아 있는 게 기적일 정도로 잔병치레했잖아? 신기하게도 커 가면서 몸이 건강해졌어. 특히 중학생이 되면서 키까지 쑥쑥 자라서 엄마는 얼마나 안도했는지 몰라. 근데 고등학교는 다른가 봐. 다시 말하지만 건강이 가장 중요해. 내가 아는 병원 예약해 놓을 테니까, 너 혼자 가서 영양 주사 맞고 와. 엄마도 힘들 때 그렇게 하거든."
 초율은 고개를 끄덕이면서 일어났다. 아파트가 보이자 다리가 풀렸다. 후덥지근한 밤공기 탓일 수도 있다.

초율이 침대에 눕자 파란별의 목소리가 들린다.

"내가 말했지. 피곤할 때는 물속이 최고라고. 넌 물에서 태어난 생명이니까, 물속에 있을 때 가장 편안함을 느낀다고."

초율은 수족관으로 들어가는 상상을 했다. 어느새 초율은 수족관에 들어와 있었다. 하얀색 바탕에 분홍빛 별 문양의 비늘 옷을 입고 있었다. 지느러미들이 저절로 동체를 조율한다. 초율은 물의 흐름에 몸을 맡긴다. 물속에 사는 것들은 물과 독립된 존재이면서도, 물과 한 몸이므로 적은 에너지만으로도 살아갈 수 있었다.

"어때, 괜찮지?"

"응, 편해. 요즘 들어 내 몸에 건전지가 들어 있는 것 같아. 아침에 100퍼센트 충전해도, 오후가 되면 방전되는 것 같아."

"틀린 말은 아니야. 네 몸 자체가 건전지인 셈이니까."

"그럼 난 앞으로 죽을 때까지 이렇게 살아야 하는 거야? 몸에서 에너지가 방전되면 이렇게 물속에 들어와서 충전하면서 살아야 한다고?"

"아니, 그렇지 않아. 그건 네가 어떻게 사느냐에 달렸어. 지금은 어쩔 수 없이 물에 의존하지만, 넌 어차피 인간으로 살아야 하니까 물 밖에서 지치지 않고 건강하게 살아가는 방법을 알아 가야지. 너무 물에만 의존하면 평생 이렇게 살 수도 있으니까."

"무슨 말인지 잘 모르겠어."

"그래, 앞으로 점차 알게 될 거야."

너무 졸렸다. 초율은 인공 물풀 사이로 들어가는 순간부터 의식이 흐려졌다. 물고기는 그렇게 눈을 뜬 채로 잠을 잔다. 몸이 흔들려도 깊은 잠에 빠져들 수 있으니까.

잠에서 깨자 몸이 개운하고 가벼워졌다. 파란별에게 시간을 묻자, 인간의 시간으로 고작 십 분이 지났을 뿐이라고 했다. 얼마나 많은 시간을 잤냐 하는 건 의미가 없다고 하면서. 시간보다 수면의 질이 너 중요하다는 의미였다.

"그 아이가 또 왔다 갔어."

파란별이 불쑥 그렇게 말했다. 그 아이라니? 묻기도 전에 파란별의 말이 이어졌다.

"며칠 전에 왔던 서강이라는 아이. 초인종을 몇 번이나 누르자 선율이가 문을 열어 주고, 또 라면을 끓여서 같이 먹었어. 그런 다음 여기로 왔어."

뭐? 내 방에 들어왔다고? 초율은 갑자기 기분이 묘해진다.

"그 아이도 물고기를 좋아하더라고. 집에서 철갑상어를 키운대."

"아, 그렇구나. 아무리 그래도 주인 없는 여자 방에 함부로 들어오면 안 되는 거잖아?"

"물론 선율이와 함께 왔어. 그래도 뭔가 안 좋은 기운이 느껴졌어, 그 아이한테서."

그건 좀 뜻밖이다. 물론 초율도 기분이 좋은 건 아니다. 그렇다고 그가 무슨 나쁜 의도를 가지고 자기 방에 들어왔을 거라고 단정하기는 싫다. 파란별도 말하지 않았던가. 그 아이도 물고기를 기르고 있다고 말이다. 그렇다면 이해할 수 있지 않은가. 초율은 그에 대한 평을 살짝 언급했다.

"작년에 이 동네로 온 것 같아. 외국에서 왔다는 소문도 있고. 암튼 1학년 중에서 가장 유명해. 선배들까지 난리야. 거의 인기 아이돌급이야. 근데 선율이랑 절친이라는 사실이 조금 의외이기는 해."

"그건 모르는 일이지. 네가 동생을 다 아는 것도 아니잖아? 네가 모르는 동생의 성격을 서강이가 좋아했을 수도 있고. 암튼 서강이가 수족관을 내려다볼 때 이상하게도 긴장이 되었어. 왜 그런지 모르겠어."

초율은 가만히 있다가 오늘 정우 씨랑 만났던 이야기를 들려주었다.

"어쩌다 보니 오늘 엄마한테 별 이야기를 다 하게 됐어. 내가 물고기로 변해서 수족관에 들어간다는 말도 하고, 외계에서 온 생명이라는 말까지 하고. 그러니까 최근에 나한테 벌어진 이 꿈같은 이야기를 다 한 거야. 근데 말야, 엄마가 믿어 주는 척하면서 안 믿어 주는 거 있지. 하긴 내가 어리석었지. 고딩인 딸이 동화 같은 말을 했으니, 엄마 입장에서 어땠겠어? 그래도 엄마가 연극 소녀로 살아서 딸의 상상력을 존중한다고 웃어 주었을 뿐, 뭐라 타박하지 않은 게 다행이지. 다른 엄마들 같았으면 난리가 났을걸. 다 큰 애가 무슨 그런 유치한 상상이나 하냐고 말야."

파란별은 큰 눈을 이리저리 돌리면서 정우 씨에게 일찍 말한 게 다행이라고 대꾸했다. 초율은 그렇게 말하는 것도 뜻밖이라고 대답했다. 이 비밀이 지켜지는 게 더 중요하지 않느냐고 하면서.

"당연하지. 그래서 오히려 엄마에게 말한 것이 잘된 일이야. 비밀이란 지키려고 애를 쓰면 쓸수록 지켜지지 않는 법이거든. 그러니까 자유롭게 누구에게나 말해도 돼. 그래 봤자 아무도 믿지 않을 테니까. 네 친구들한테 말해 봐라. 우리 집에 사는 물고기가 외계 생명이고, 나도 물속으로 들어가서 자는 외계 생명이라고 하면 그걸 누가 믿겠니?"

어, 그런가? 초율은 중얼거리면서 수족관 가장 깊은 곳으로 내려갔다.

"인간은 저 우주에 다른 생명이 살 수 있을 거라고 확신하면서도…… 은근히 그게 자기들만의 상상이기를 바라. 겁나는 거지. 자기들보다 문명이 발달한 생명이 있을까 봐. 그래서 그러는 거야. 지구를 지배하는 인간들이 평화주의자는 아니잖아? 물론 칼 세이건 같은 과학자들은 달라. 내가 인정하지, 그는 진정한 평화주의자야. 그러니까 멀리 외계로 보내는 우주선에다 온갖 평화의 메시지를 담아서 보낸 거지. 우리도 그걸 듣고 망설였어. 우리의 정체를 드러내고 정식으로 지구인들이랑 관계를 맺으며 지낼까, 국가 차원에서 토론했어. 근데 반대 의견이 많았어. 대다수의 지구인은 결코 평화주의자가 아니라는 걸 알거든. 지금 지구에서 벌어지고 있는 일을 보면 알잖아? 수많은 전쟁을 굳이 벌이고, 인간 외에 조금이라도 위협이 되는 생명체를 가만두지 않는다는 것도 잘 알지? 그래서 지금은 인간에게 위협이 되는 생명체는 없잖아? 그게 인간의 본심이야. 그래서 우리를 철저하게 감추고 있는 거야."

"아, 헷갈려. 그래도 결국은 너의 정체를 내가 말하면 안 되는 거였네. 역시 엄마한테도 비밀로 해야 하는 거였어."

"괜찮다니까. 네가 아무리 진실을 말해도 믿지 않을 테니까. 너희 엄마도 그랬잖아? 네가 진실을 말해도, 우리의 비밀은 지켜질 거야. 아무도 믿지 않으니까 자연스럽게 비밀이 되는 거지."

"내가 친구들 앞에서 물속으로 들어가는 걸 보여 주면 달라지잖아?"

"하하하, 그러겠지. 근데 그건 불가능해. 넌 다른 인간들 앞에서는 물속으로 들어가는 마법을 부릴 수 없도록 설정되어 있어. 그래야 우리의 정체가 드러나지 않거든. 옛날이야기를 듣다 보면 우렁 각시나 선녀가 착한 사람의 눈에 띄어 같이 사는데, 일정 기간 절대 훔쳐보지 말라는 조건을 붙이잖아? 근데 이야기 속에 나오는 사람은 참지 못하고 엿보고야 말지. 결국 그 마법이 작동하여 선녀나 우렁 각시는 인간이 되지 못하고 자기 세상으로 돌아가 버려. 그들도 우리 종족이었거든. 그래서 물속으로 들어가기 위해서 이런 조건이 붙은 거야."

"뭐야, 선녀와 나무꾼 그리고 우렁 각시 이야기가 우리 종족이랑 연관되었다니. 이걸 믿으라는 거야, 말라는 거야?"

"하하하, 그건 맘대로 해. 분명한 건, 너도 지구에서 사백 년 넘게 살았다는 거야."

사백 년이라니? 이제 겨우 열일곱 살인데, 그것도 만 나이로 치면 열여섯 살이다. 초율은 굳이 그 어마어마한 시간에 대해서 재차 설명을 요구하지 않았다. 파란별이 뭐라고 해도 실감할 수 없는 일이니까. 한참 있다가 파란별을 쳐다볼 뿐이다.

"우리 별에 대해서 자세히 말해 줘."

"우리 별이 지구에서 얼마나 떨어져 있는지, 그건 설명할 수 없어. 인간들이 쓰는 과학 용어의 한계를 벗어난 곳이거든. 우리가 사는 별을 지구의 언어로 해석하자면 미러클 스타(miracle star), 즉 '기적의 별'이야. 우린 기적처럼 살아남았거든. 그곳은 낮에는 엄청 덥고 밤에는 끔찍하게 추워서 생명이 살기 힘들어. 대부분이 사막이거나 얼음덩어리야. 그중 아주 일부 얼지 않은 바다에 모여 살아. 미러클 스타의 모든 시민이 물속에서 산다는 뜻이지. 근데 어떻게 지구까지 왔냐고? 이것도 설명할 수 없어. 빛의 속도로 계산해도 천 년을 와야 하는 거리인데, 그걸 몇 달 만에 올 수 있거든. 우린 그걸 이미 오만 년 전에 알아냈는데, 그걸 뭐라 설명할 수는 없어. 워낙 어려운 원리라서."

아무리 자세히 설명한다고 해도 초율이 알아들을 수 없다고 하면서, 파란별은 나중에 더 자세히 말할 기회가 있을 거라고 중얼거렸다. 좋다. 그렇다 치자. 그런데 왜 지구에 와서 사는 것일까. 혹시 정복하려고? 초율이 그렇게 묻자, 깔깔거리는 웃음소리가 들렸다.

"정복? 후후후, 그런 생각을 할 수도 있겠지. 미러클 스타가 사막과 얼음덩어리로 변한 것도 전쟁 때문이야. 우린 지금 지구의 과학으로 만들어 내는 무기를 모두 알고 있어. 핵무기도 마찬가지야. 우리 별에서는 심지어 작은 소행성을 움직여서 적을 공격하기도 했으니까, 우리가 어떤 전쟁을 치렀는지 짐작되지? 결국 수백 년간 암흑으로 변하면서 모든 생명이 죽어 버렸고, 땅은 사막으로, 물은 얼음이 되고 말았어. 전쟁에서 간신히 살아남은 자들이 물속에서 새로운 삶을 개척하기 시작했지. 우린 평화 헌법을 마련하여 전쟁을 금지했어. 그러니까 우리가 지구를 정복하기 위해서 온 건 아냐. 우리가 여길 온 것은, 우리가 잃어버린 것들을 찾기 위해서야. 우리 과학자들은 지금 사막을 생명의 땅으로 바꾸기 위한 노력을 해 오고 있어. 어쩌면 앞으로도 수만 년이 걸릴지도 몰라. 우린 그곳에다 미러클 스타에서 죽어 간 온갖 생명체들을 복원할 계획이야. 미러클 스타에는 아무것도 남아 있지 않

아. 그래서 다른 별을 찾아다니다가 지구를 발견한 거야. 우린 얼마나 흥분했는지 몰라. 지구에 사는 생명체들이 미러클 스타에서 살았던 생명체들이랑 가장 흡사했으니까. 우린 그들의 유전자 정보를 알아내려고 지구로 온 거야. 우린 목숨을 걸고 이곳에 왔어. 워낙 먼 거리라서 우리의 몸은 거의 빛처럼 분해가 된 채로 이동하거든. 설령 지구에 잘 도착했다고 할지라도 깨어나지 못하면 죽는 거야. 실제로 무사히 살아서 어떤 생명 속으로 들어가는 선 아주 아주 확률이 낮아. 그러니까 너랑 나는 정말 운이 좋은 거야. 이 생명, 저 생명 속으로 돌아다니면서 오백 년 가까이 살아남는다는 건 정말 어려운 일이야. 우리의 임무는 그렇게 다양한 생명 속으로 들어가서 사는 거야. 그럼 우리가 사는 생명의 모든 정보가 자연스럽게 미러클 스타로 전송되었어. 나는 그동안 수많은 식물과 동물이 되어서 살았어. 그건 너도 마찬가지야. 그중에서도 인간으로 살아온 시간이 가장 긴 것은, 우리 별 과학자들의 요구 때문이야. 아무리 연구해도 인간이라는 동물을 알 수가 없는 거야. 지구를 지배하고 있는 인간이라는 종이 너무도 위험한 동물이라는 걸 우린 잘 알고 있어, 장차 우주를 힘으로 지배할지도 몰라. 우린 그런 대비까지 하고 있어. 그래서 인간으로 살아가는 시간이 가장 길 수밖에 없는 거지."

초율은 어이가 없었다. 지구하고는 상상조차 할 수 없을 만큼 문명이 발달한 세상에서 왔다는 파란별이 꼭 말장난을 치는 것 같다.

초율은 어디 할 말이 있으면 더 해 보라는 식으로 쳐다보았다.

"그만큼 하나의 생명을 복원하는 일은 힘들어. 어쨌든 우리별에서는 숱한 시민들이 자원하여 지구로 오고 있어. 탐험가였던 나도 우리 별을 살려 내고 싶었어. 그래서 죽음을 무릅쓰고 모험을 감행하는 셈이지. 지구에서 최대한 머무를 수 있는 시간이 오백 년인데, 난 그 시간에 가까워지고 있어. 그니까 곧 돌아가야 한다는 뜻이지. 난 지구에서 살면서 미러클 스타의 헌법에 위반되는 일을 하지 않았어. 미러클 스타에서 온 이들 중에서도 그 헌법을 위반하고 사는 이들이 종종 있거든. 특히 인간의 몸에 들어와서 사는 경우, 온갖 악행을 저지를 수가 있어. 그런 범죄자들을 잡기 위해서 비밀경찰로 활동하는 분들도 있어. 미러클 스타에서 온 이들이 범죄를 저지르면, 그들을 체포하여 강제 송환하는 것이야."

"이야, 정말 SF 소설이네!"

초율은 그의 이야기를 상상으로 재해석하려고 애를 쓰면서 들었다.

*

일요일 저녁이었다. 갑자기 서강이 초인종을 눌렀다. 전화를 받지 않으니까 직접 집으로 찾아온 거라면서, 선율에게 어디 아프냐고 물었다. 그 말을 듣자 괜히 미안해지고 고마웠다. 초율은 집에 없다. 서강은 가방 속에서 라면을 꺼내더니 어서 끓여 먹자고 다그친다.

라면 스프 냄새가 종일 굶은 선율의 식욕을 자극했다. 선율은 포만감을 느낄 정도로 라면과 밥을 위장으로 몰아넣었다. 서강이 금붕어를 보고 싶다고 하자, 선율은 초율의 방으로 앞장섰다.

"어, 저번에는 누 마리였는데, 오늘은 한 마리뿐이네!"

서강이 수족관을 손가락질했다. 그제야 선율도 수족관을 자세히 본다.

"그러네. 그새 죽었을 리는 없고. 아, 모르겠다."

"근데 저 금붕어 진짜 나이 들어 보인다."

"그걸 어떻게 아냐?"

"비늘이 엄청 두꺼워 보이잖아?"

"난 모르겠는데."

선율은 고개를 흔들면서 먼저 거실로 나왔다. 서강도 따라온다. 선율은 소파에다 던져 놓은 가방을 보는 순간 괜히 긴장했다. 가방에서 살짝 삐져나온 윤하의 편지가 보인다. 순간 그걸 끄집어내려다가 주춤했다. 왜 그런지 몰라도 지금은 전하고 싶지 않았다.

서강이 돌아가고 한 시간쯤 지났을까. 카톡 알람이 울렸다. 윤하였다.

[선율아, 너 혹시 서강이 동영상 봤냐? 이거 내 친구가 보내 준 건데, 지금 SNS에 엄청 돌고 있대.]

[밤이라 희미하기는 해도 서강이가 분명해. 걔 미친 것 같애. 이걸 보면 인간이 아냐.]

[미리 얘기해 주자면 서강이가 우리 아파트 건너편에 있는 공원에서 양아치 새끼들에게 납치당하는 여자아이를 구하는 장면이야. 초딩으로 보이는 여자애를 몇몇 남자가 끌고 가려고 하니까 서강이가 걔들이랑 붙은 거야. 아, 말도 안 돼. 몽둥이 들고 덤비는 놈도 있어.]

선율은 윤하가 보낸 동영상을 재생했다. 워낙 어두운 곳이라 확실하게 서강의 얼굴이 드러난 건 아니다. 그래도 서강이라고 확신할 만큼 동작들이 또렷하다.

그는 바람의 속도로 움직였다. 순식간이다. 네 명인지 다섯 명인지 헷갈리기는 해도, 그들을 제압하는 데 불과 몇 분도 걸리지 않았다. 경찰이 왔을 때는 그 정의의 청년이 사라진 뒤였다.

윤하는 서강이 분명하다고 다시 메시지를 보내왔다. 선율은 답장하지 않는다.

*

아이들은 교실에서 그 동영상 이야기로 야단이었다. 아침 뉴스에 동영상이 짧게 나온 모양이다. 아이들은 선율을 통해서 동영상 속 의인이 서강이라는 확증을 받고 싶어 안달이다. 심지어 초율도 그게 사실이냐고 카톡으로 물어 왔다. 선율은 모든 짜증을 실어 답장했다.

[야, 내가 서강이냐? 네가 직접 확인하라고!]

서강은 2교시가 끝나고 나서야 교실로 들어섰다. 그동안 경찰과 면담했다는 말만 살짝 언급할 뿐, 그 이상은 말하지 않았다.
수업이 끝나자 선율이 서강의 옆구리를 툭 건드리며 속삭였다. 오늘 너희 집에 가자는 뜻이다. 서강은 놀란 눈빛으로 학원 안 가냐고 쳐다보았다. 선율은 땡땡이치겠다고 웃는다.
"학원에서도 애들이 날 가만두겠냐? 너랑 친하다는 거 웬만한 애들은 다 아는데……. 나, 오늘 너 대변하느라고 지쳤다. 그나저나 동영상 속 남자가 너 맞지? 그치?"
서강은 앞서가면서 괜히 잔 돌멩이를 발로 찼다.
"이놈의 휴대폰이 문제라니까. 집에서도 부모님한테 혼났어. 왜 그런 일이 끼어들어서 어쩌고저쩌고 잔소리에……. 경찰에서도 계속 연락 오고. 내가 피하니까, 경찰이 아침에 학교로 온 거야. 야, 생각해 봐라. 다 큰 남자들이 초딩 여자애를 끌고 가는데, 그걸 보고만 있냐?"

선율은 서강의 그림자만큼 떨어져서 따라간다.

"그러니까 대단한 거지. 나라면 너처럼 못 했을 거야."

"암튼 난 어린 여자애를 그냥 보내 주라고 했을 뿐이야. 그러자 그놈들이 나한테 달려들었고. 그래서 그냥 뭐 한판 붙은 거지. 별 것도 아닌데 괜히 이상한 소문만 나고 부담스러워."

선율은 새삼 서강의 뒷모습을 쳐다본다. 겸손한 미덕까지 갖춘 이 아이가 달리 보였다. 정말 대단한 녀석이지 않은가.

서강의 집에 들어선 순간 선율의 입이 딱 벌어졌다. 그곳은 상상의 영역을 벗어난 낯선 세상이었다. 어마어마하게 큰 평수 때문이 아니고, 1, 2층이 연결된 특이한 집 구조 때문도 아니다.

선율은 그렇게 큰 수족관을 본 적이 없다. 그건 개인 집에서는 상상조차 할 수 없는 거대한 아쿠아리움이었다. 현관 입구에서 시작된 수족관은 거실 벽을 휘돌아 서강의 방으로 이어진다. 수족관에서 흔들리는 물풀은 인공적인 플라스틱 조각이 아니라 진짜 숨을 내쉬며 살아가는 식물이었다.

철갑상어는 선율이 팔뚝보다 더 컸다.

"야, 너흰 이것 때문에 이사도 못 가겠다!"

"그래도 다 이사해. 돈이 좀 들 뿐이지. 내가 유일하게 부모님에게 부탁해서 만든 거야. 초율이도 같이 왔으면 좋았을 텐데, 안 그래?"

글쎄다. 가로세로 50센티미터도 안 되는 수족관에다 금붕어를 키우는 초율이 이걸 본다면 기분이 어떨까. 갑자기 그 생각을 하자 선율의 머릿속이 답답해진다.

"진짜 한번 같이 와. 언제든 괜찮아."

갑자기 서강의 눈빛이 진지해진다. 선율은 그 눈빛이 부담스럽다. 간신히 억지로 웃었다.

"야, 초율이가 여기 오겠냐? 걔, 보기보다 까탈스러워. 진짜 성격도 더럽고."

"괜찮아. 물고기 좋아하는 사람들끼리 통하는 게 있기든."

"너 혹시 초율이 좋아하냐?"

저도 모르게 선율의 입에서 나온 말이었다. 서강은 자기 방 창가로 갔다. 서울의 동맥인 한강이 한눈에 들어왔다. 바람에 흔들리는 냇버들은 나무가 아니라 동물 같다.

서강은 한동안 침묵했다. 순간 선율은 실수했구나, 하고 자책했다. 그러면서도 혼란스럽다. 지난 며칠간 서강은 만나기만 하면 초율에 대해서 이것저것 물었으니까. 게다가 집에 오면 금붕어를 보고 싶다는 핑계로 초율의 방까지 들락거렸으니까. 그건 초율에게 관심이 있다는 뜻이 아닌가. 이윽고 서강의 목소리가 울렸다.

"그래, 초율이 좋아해. 이런 감정은 처음이야. 학교에서 우연히 처음 봤을 때부터."

거의 고해 성사 같은 말이었다. 선율은 이상하게도 가슴이 답답해진다. 어떻게 맞장구쳐야 할지 난감했다.

왜 하필 초율이란 말인가. 초율이 매력적인가. 모르겠다. 깡마르고 키만 클 뿐, 성격은 아주 까칠하다. 초율을 보고 예쁘다고 생각해 본 적이 없다. 어쩌면 남매라서 그럴지도 모른다. 그래도 공부는 잘한다. 그건 서강의 관심사가 아니지 않는가.

하필이면 그 순간 윤하의 얼굴이 스쳐 간다. 윤하라면 그와 제법 많은 교집합이 형성되지 않을까.

"이것 참, 널 응원해야 하는지 어째야 하는지도 모르겠다."

"야, 당연히 응원해야지. 네가 적당히 다리를 놓아 줘."

"그, 글쎄? 생각해 볼게."

선율은 가방 속에서 윤하의 편지를 꺼냈다. 서강이 뭐냐는 투로 쳐다본다.

"내가 어쩌다가 이런 역할을 하게 됐는지 모르겠다만……. 아무튼 너한테 전달했으니까 인증 사진 하나만 찍자."

선율은 서강의 손에 든 편지봉투를 휴대폰으로 찍었다. 그런 다음 일부러 화장실에 갔다가 나오자 서강의 어머니 최 교수가 현관으로 들어섰다. 인터넷 인물 정보란에서 확인한 얼굴보다 훨씬 나이가 들어 보였다. 온통 흰머리라서 그런 느낌이 더 강했으리라. 유명한 국립 대학 심리학과 교수인 그녀는 대뜸 선율을 알아보았다.

"네가 선율이구나? 반갑다."

선율은 정중히 인사한다는 것이 그만 지나치게 허리를 굽혔다.

최 교수가 웃자 괜히 무안해진다. 최 교수는 선율의 얼굴에 닿을 정도로 가까이 다가왔다. 페퍼민트 향수 냄새가 코를 찌른다.

"철갑상어 근사하지?"

최 교수는 선율이 대답할 기회도 주지 않고 말을 이어간다.

"서강이는 아주 어렸을 때부터 물고기를 좋아했단다. 아마 아장아장 걸음마할 때부터인 것 같아. 어느 날 시내 길을 걷다가 수족관을 파는 가게 앞을 지나는데, 아이가 그 앞에서 가려고 하지 않는 거야. 그때 작은 철갑상어를 봤지. 그걸 보고는 키우고 싶다고 떼를 쓰더라고."

"저희 누나랑 비슷하네요. 저희 누나는 금붕어를 키우는데, 서강이처럼 어렸을 때부터…… 예에, 그랬다고 하더라고요."

그 말에 최 교수도 놀라는 눈빛이었다. 서강은 자기 방으로 들어갔는지 보이지 않았다. 최 교수의 목소리가 아까보다 더 낮아진다.

"그래도 워낙 서강이가 좋아하니까, 수족관 하나만큼은 확실하게 해 주고 싶었단다."

선율은 이해한다는 식으로 고개를 끄덕였다. 한동안 침묵이 이어진다. 안내자의 자세로 수족관을 따라가던 최 교수가 불쑥 뒤돌아본다.

"지금 너희들 나이가 정의감이 막 솟구치는 때라고 하지만, 자기보다 큰 남자들이 넷이나 있었는데 무모한 짓이잖아? 격투기를 한다고 해도 그건 그냥 폼이나 다름없지. 프로 선수들처럼 진짜 시합하고 그런 거는 아니거든. 서강인 어려서 소아암을 앓았어. 걸핏하면 병원에 가서 살았지. 이제 완치 판정을 받았지만, 그래도 걱정이야. 그러니 어젯밤에 그런 일이 있었다고 하니까, 내가 얼마나 걱정했겠니?"

선율은 이번에도 충분히 이해할 수 있다고 고개를 끄덕이다가 성큼성큼 다가오는 서강을 보았다. 서강은 최 교수에게 짜증스러운 눈빛을 쏘아 댄다.

"아니, 엄마는 왜 그런 말까지 하고 그래?"

최 교수가 못 이기는 척하면서 2층 계단으로 올라갔다.

선율은 서강의 어깨를 툭 쳐 준다.

"야, 그런 병을 이겨 내다니 대단해. 초율이도 어렸을 때 엄청 아팠어. 하도 아파서 곧 죽을 것만 같았어. 그래서 모든 걸 걔한테 양보하고, 누가 걔를 건드리면 오빠처럼 달려가서 막아 주고, 아침에 일어나면 멀쩡한가 확인할 정도였어."

"지금은 건강하지?"

선율은 망설이지 않고 대답했다.

"그래, 차돌멩이 같아."

뜻밖의 고백

아침이었다. 선율은 평소보다 늦게 집에서 나갔다. 학교까지는 지하철로 두 정거장이다. 윤하 얼굴이 떠올랐다. 이제 제발 뇌에서 삭제되었으면 좋겠다. 선율은 다른 상상을 하려고 애쓰다가 서강의 얼굴이 떠오르자, 이럴 땐 뇌가 없었으면 좋겠다고 중얼거린다.

뇌를 통제할 수 있는 스위치가 있다면 얼마나 좋을까. 잡념이 괴롭힐 땐 그 스위치를 꺼 버리면 될 테니까. 요즘 들어 선율은 자기 생각을 통제할 수가 없을 때가 종종 있다. 어떤 생각이 한번 싹을 틔우면 끝없이 꼬리를 물고 이어지면서 통제 불능의 상태가 된다.

특히 잠자리에서 그런 미로에 빠져 가수면 상태로 허우적거리는 날이 점점 늘어나고 있다.

왜 이렇게 헛생각이 증식하는 걸까.

선율은 정차역을 알리는 안내 방송을 듣고 깜짝 놀랐다. 이미 정차역을 지나친 상태였다.

그만 맥이 빠졌다. 서둘러 내려야 하건만 빽빽하게 들어찬 사람들 틈에 끼어 움직일 수도 없다. 모르겠다. 그냥 눈을 감는다. 학교에 가기 싫다. 이런 적은 처음이다.

전동차가 점점 학교에서 멀어지자 묘한 불안이 마음을 흔들었다. 선율은 최대한 빨리 그런 불안으로부터 달아나고 싶었다.

바닷가를 떠올린다. 안타깝게도 이 전동차는 바다가 있는 쪽으로 가지 않는다. 은연중에 산을 떠올린다. 전동차를 한 번만 갈아타면 북한산 국립 공원에 갈 수 있다.

지하철 역사를 나온 선율은 빠르게 걸었다. 북한산이 한눈에 들어올 때 휴대폰이 울렸다. 담임 선생님이다. 망설이다가 무시했다. 연달아 카톡 알람도 울렸다. 무슨 일이 있는 건지, 선생님에게 연락을 달라는 내용이었다. 등산로를 따라 허청허청 올라갈 즈음 정우 씨한테 전화가 왔다.

이번에도 무시할까 하다가, 한숨을 한 번 토해 내고는 전화를 받았다.

"선율아, 지금 어디니?"

선율은 얼른 대답하지 않았다.

"너 어디 아프니?"

역시 대답하지 않자, 아프면 그냥 집에서 쉬라고 했다.

선율은 낮게 한숨을 내뱉고는, 지금 북한산에 오르고 있다고 속삭였다. 왜 학교를 빼먹고 산에 가는지에 대해서 굳이 설명하지 않았다. 아들이 얼마나 산을 싫어하는지 정우 씨는 누구보다 잘 알고 있을 것이다.

중학교 2학년까지만 해도 정우 씨는 주말만 되면 두 아이를 데리고 산에 갔다. 그때마다 선율을 끌고 가는 것이 가장 힘들었다. 오히려 초율은 씩씩하게 올라갔다. 선율은 조금만 경사가 급해지면 힘들다고 주저앉았으니까. 어차피 올라갔다가 곧바로 내려올 텐데 왜 힘들게 올라가냐고 불평불만을 쏟아 냈다.

선율은 이 세상에서 가장 싫은 게 산행이라고 했다. 그런데 학교에 가지 않고 산행을 택하다니?

"어쩌다 보니 내가 북한산을 오르고 있네. 나도 모르겠어. 엄마, 오늘은 학교 가고 싶지 않아. 그냥 좀…… 오늘 하루만…… 예에……."

준비 없이 충동적으로 택한 거사라서 적당한 이유가 떠오르지도 않는다. 정우 씨는 아들의 말을 자르지 않고 들어 주었다. 그러다 보니 선율은 금방 더듬거리기 시작한다.

한참 있다가 정우 씨가 조용히 말했다.

"아, 알았다. 그럼 선생님한테는?"

"어, 엄마가 좀 연락해 줘."

"그래. 김밥이랑 물은 꼭 챙겨서 올라가. 배고파서 다리 풀리면 내려올 때 위험해. 산은 올라갈 때보다 내려올 때가 더 위험한 거야. 그냥 평탄한 산길 걷다가 돌멩이 잘못 밟으면 미끄러져서 넘어져. 그때 다치는 거야. 절대 호주머니에다 손 넣고 가지 말고."

선율은 그 말대로 김밥이랑 물을 챙겼다. 그때부터 한결 여유 있게 산길을 오른다. 워낙 느리게 걷다 보니 별로 땀도 나지 않는다. 아니 땀을 잘 안 흘리는 체질이라서 그럴 수도 있다.

제법 높은 봉우리에 오른다. 거대한 서울의 현실이 한눈에 그려진다. 건너편에 뾰족한 바위 봉우리가 자라고 있다. 길은 그곳까지 이어지지 않는다. 날개를 가진 것들만이 날아가서 우아하게 봉우리에 앉는 혜택을 누린다.

선율은 날개를 갖고 싶다는 상상을 하다가 빨간 점이 암벽에서 움직이는 것을 발견했다. 두 사람이 암벽을 오르고 있었다. 선율은 그들이 정상에 오를 때까지 한순간도 눈을 떼지 않는다.

언제부턴지 선율은 이상한 충동을 느꼈다. 그들처럼 암벽에 오르고 싶다. 그런 충동이 엄습해 오자 얼마나 혼란스러웠는지 모른다.

왜 그런 생각을 했을까. 암벽이란, 보통 사람들이 갈 수 없는 곳 아닌가. 특별한 도구를 가지고, 특별하게 훈련한, 특별한 사람들만 갈 수 있는 곳이니까. 선율은 그런 세상을 동경하는 자기 자신을 미쳤다고 마구 꾸짖는다.

산을 내려온 선율은 지하철을 타지 않았다. 태양의 시간이 종료될 때까지 그냥 걸어갈 작정이다. 그렇게 걷다 보니 눈에 클라이밍 간판이 들어왔다. 선율은 멈칫하다가 그 간판의 유혹을 못 이기는 척하면서 건물로 들어갔다.

클라이밍이 정식 스포츠로 자리 잡았다는 것쯤은 선율도 잘 알고 있다. 작년에 열린 하계 올림픽에서는 정식 종목이었다. 건물 지하에 있는 체육관에 들어가자 인공 암벽이 눈에 들어왔다.

안내실에서 여직원이 선율을 보고 인사했다. 클라이밍이 궁금해서 왔다고 하자, 그냥 상담만 받아도 괜찮다고 하면서 여직원이 사무실로 안내했다. 팸플릿을 주면서 간단하게 업체와 강사진을 설명해 주었다.

특히 학생 회원이 많다고 하면서, 암벽을 오르다 보면 학교와 학원에서 받은 스트레스가 싹 사라진다고 달콤한 말을 미끼로 던졌다.

선율은 당장 이 업체의 회원이 되고 싶었다. 학생이니까 특별 할인을 받을 수 있고, 그것도 6개월 치를 한꺼번에 지불하면 더 할인되어 부담되지 않은 가격으로 클라이밍을 배울 수 있다. 선율의 집은 여기서 멀다. 그 말을 들은 여직원은 아쉬워하면서 이 업체는 체인점이라 다른 곳을 소개해 줄 수도 있다고 웃었다.

선율은 내일 직원이 소개해 준 곳으로 가서 회원으로 등록할 작정이다. 뭔가 하고 싶다는 설렘이 꿈틀거리기도 오랜만이다.

*

비가 내리는 시간을 초율은 혼자 즐기는 버릇이 있다. 오늘도 어서 수업이 끝나기만을 기다렸다.

그런 기대를 윤하가 막아섰다. 수업이 끝나자 윤하가 다가오더니 자기랑 같이 가자고 간절한 눈빛을 보냈다. 초율이 머뭇거리자, 윤하가 깊은 한숨을 뿌렸다.

"부탁이야. 특별한 일 없으면, 오늘은 나를 위해서 시간을 좀 내줄 수 없겠니?"

윤하는 중학교 때부터 가깝게 지낸 친구다. 윤하보다 더 많은 시간을 보낸 친구는 없다. 어쩌면 초율의 성격이 까칠해서 그럴지도 모른다.

초율은 아무리 친한 친구라고 해도 일정한 거리를 두면서, 자신이 통제할 수 없을 정도로 가까워지길 원하지 않는다. 윤하는 딱 그런 친구다. 초율이 안정감을 느낄 만큼 적당한 거리를 지켜주는. 그래도 초율에게 가장 가까운 친구다. 그러니 그녀의 부탁을 외면할 수 없다.

두 사람은 떡볶이를 먹고, 피자를 먹고, 코인 노래방에서 목 터지게 소리도 질렀다. 저녁 아홉 시가 넘어설 때까지 정신없이 돌아다녔다. 그러다가 버스 정류장에서 윤하가 불쑥 초율에게 요즘 무슨 일이 있냐고 물었다. 다소 의외였다. 초율은 그녀가 무슨 말을 하려는 건지 감을 잡을 수 없었다.

"왜 그걸 물어? 난 별일 없는데."

"아냐, 별일 있어. 너 요새 학교에서 멍때리고 있을 때가 많아. 수업 시간에도 그렇고."

초율은 반박하지 못했다. 그건 사실이니까. 중간고사 이후 초율은 전혀 수업에 집중하지 못하고 있었다. 정신을 집중하려고 해도 어느 순간 엉뚱한 생각 속으로 빠져 버렸다. 선생님이 하는 말도 시시하게 느껴졌다.

초율은 학원도 다니지 않으니까 학교 수업에 충실해야 한다는 것을 잘 알고 있다. 그게 마음대로 되지 않는다. 그렇다고 불안하지도 않다. 그까짓 성적이 조금 내려온다고 해서 뭐가 달라질까. 이렇게 성적에 얽매이면서 살아갈 수밖에 없다는 사실이 서글퍼질 뿐이다.

요즘은 도서관에 가는 재미로 살고 있다. 좋아하는 물리와 화학책 속에 빠져서 마음껏 그 세상을 여행할 수 있다. 그게 더 좋다. 학교 수업보다 과학책 속으로 들어가는 시간이 더 기다려진다. 요즘 초율은 자기 시간에 대한 불만이 전혀 없다.

그 말을 들은 윤하가 눈을 크게 떴다. 불안하지 않냐고? 초율은 고개를 흔들었다.

"뭐가 불안해? 공부? 성적? 그건 필요할 때 가서 하면 되지, 뭐."

"넌 대단해. 뭔가 다른 인간 같아."

"에이, 몰라. 그냥 지금은 별로 하고 싶지 않아."

"근데 의대 가려면 1학년 때부터 밀리면 안 되는데."

아, 그러고 보니 윤하는 중학교 때부터 학원 의대 반 소속이다. 희미한 웃음이 초율의 입가로 번진다.

"난 의대 안 가."

윤하는 약간 놀란 눈빛이다.

"진짜?"

"응. 난 그냥 물리 관련된 공부할 거야. 그게 아니면 수의대 갈 거야."

"야, 의외다. 수의대는 의대 못 가는 애들이 가는 곳인데?"

"난 의대보다 수의대가 더 좋아."

윤하는 다시금 창밖으로 시선을 보내다가 천천히 초율을 훑어보았다. 초율의 시선과 마주치자 슬그머니 돌렸다. 그와 동시에 서강이라는 이름이 흘러나왔다. 그를 좋아한다고. 그에게 고백했다고 하면서.

초율이 놀란 것은, 윤하의 편지를 서강에게 전달한 사람이 선율이라는 사실이다. 이제야 어떤 퍼즐 하나가 풀렸다. 얼마 전부터 윤하는 자꾸 선율에 대해서 이것저것 캐물었다는 기억이 난다. 그때까지만 해도 윤하가 선율에게 관심이 있는 줄 알았는데, 그게 착각이었다고 초율은 중얼거린다.

어쨌든 선율의 마음이 불편했을 거라는 생각을 하니 괜히 착잡해진다. 선율이 윤하를 좋아한다는 것쯤이야 오래전부터 알고 있는 사실이다. 그랬구나! 최근 무단결석을 한 것도 그 시간의 통증 때문이구나!

"어쨌든 중요한 건 내가 차였다는 사실이야. 온갖 방법을 생각하다가, 가장 고전적인 방법을 쓴 거였어. 오늘 학교에서 서강을 만나 물어봤어. 내 손 편지 받았냐고. 서강이 그렇다고 하더라고. 자기한테 고백해 줘서 고맙대. 근데 내가 자기 스타일이 아니래."

윤하는 그의 말을 받아들일 수 없다고 눈을 자꾸 껌박였다.

초율은 그런 윤하를 이해할 수 없었다.

"아니, 걔가 자기 스타일이 아니라며 거절한 거 아냐?"

"그래. 근데 그건 솔직한 말이 아니잖아? 다른 이유가 있는 거지. 난 그 이유를 모르겠어."

"어, 내가 보기엔 걔가 확실하게 말한 것 같은데."

"아냐. 자기 스타일이 아니라고 한 건 다른 이유가 있기 때문이라고."

그런가? 초율은 혼란스럽다. 자기 스타일이 아니라고 한 것만큼 솔직한 대답이 또 있을까. 아, 모르겠다. 초율은 굳이 윤하의 말을 반박하지 않는다. 윤하는 서강을 포기할 수 없다고 입술을 깨물었다. 초율은 그런 윤하의 어깨만 몇 번 토닥여 줄 뿐이다.

*

다음 날, 초율은 지하철에서 선율과 마주쳤다. 한집에서 사는 식구인데, 지하철에서 알은체한다는 사실이 조금 우습다.

선율이 먼저 말을 꺼냈다.

"어디 가냐?"

"집. 근데 웬 클라이밍?"

"엉, 운동은 갑자기 미치는 거야. 너도 집에만 틀어박히지 말고 운동 하나 해 봐."

"그래, 나중에."

지하철에서 내리자 선율은 클라이밍 체육관이 있는 쪽으로 갔다. 초율은 부지런히 집을 향해 걸음을 재촉했다. 날이 더워지자 점점 힘들다. 진짜 영양 주사라도 맞아야 하는 걸까.

집에 오자 카톡이 울렸다. 뜻밖에도 서강이다.

[초율아. 나 서강이다. 선율이한테 전화번호 받았어. 나 좀 잠깐 볼 수 있을까? 나 너희 아파트 앞 스벅에 있어.]

초율은 힘들다고 답장했다. 지금은 체력이 너무 방전된 상태였다. 어서 수족관으로 들어가서 쉴 시간이다. 카톡이 다시 울린다.

[갑자기 연락해서 미안해. 근데 잠깐이면 되니까, 나와 주라. 꼭 할 말이 있거든.]

초율은 피곤해서 그러니까 다음에 보자고 답장했다.

[그럼 내가 너희 집에 잠깐만 가면 안 될까? 너한테 꼭 전해 줄 게 있어서 그래.]

어쩔 수 없이 초율은 아파트 앞으로 나갈 준비를 했다.
만나기로 한 아파트 놀이터에 아이들이 한 명도 없다. 고양이 두 마리가 모래밭에서 뒹굴다가 사라졌다. 서강은 그네에 앉아 있다가 초율이 발견하자 다가왔다. 뭔가를 등 뒤에 감추고 어정어정 걸어오더니 꽃다발을 내밀었다. 초율은 얼마나 당황했는지 모른다.
"이게 뭐야? 누가 이걸 전해 주라고 했어?"
서강의 시선이 빛처럼 부서지면서 초율에게 쏟아진다.
"나야. 초율아, 나 너 좋아해. 고민하다가 이렇게 꽃이라도 주고 말해야 더 편할 것 같아서. 근데 이것도 어색하네. 나랑 사귀자."
초율은 그만 웃음이 터진다.
"야, 농담 그만해라."
"농담 아냐! 진심이라고!"

서강의 목소리가 떨린다. 그 떨림이 느껴지는 순간 초율은 더욱 당황한다.

이게 뭐지? 쟤가 왜 나를? 자꾸 다리가 풀렸다. 초율은 억지로 다리에다 힘을 주고 서강을 쳐다보았다. 넌 내 스타일이 아니야. 그 말이 가장 먼저 입안에서 맴돈다. 윤하 생각이 난다. 초율은 서강의 눈빛을 피하지 않는다.

"서강아, 많이 당황스럽다. 근데 말야, 난 아직 남친에 대해서 생각해 본 적이 없어. 남자 친구를 사귈 생각이 없다는 뜻이야. 지금은 그래. 그냥 학교 친구로 지낸다면 모를까, 네 말을 받아들일 수 없어. 이해해 줘."

초율은 힘겹게 한 마디 한 마디 뱉어 냈다.

서강은 그 말을 이해할 수 없다고 고개를 흔들어 댔다.

"내가 싫은 거야? 그게 아니라면 난 받아들일 수 없어."

초율은 더욱 당황한다. 왜 그게 이해가 되지 않을까. 아직 남자 친구에 대해서 생각해 본 적이 없다는 게 그렇게 이상한가. 답답했다.

순간 윤하 때문에 괜히 말을 돌려서 했다는 후회가 밀려온다. 처음부터 넌 내 스타일이 아니라고 단호하게 대응했어야 하는가. 초율은 크게 한숨을 내뱉는다.

"서강아, 난 너에 대해서 생각해 본 적이 한 번도 없어. 그러니까 네 말을 받아들일 수 없는 거야. 난 더 할 말 없어. 이제 들어갈게."

뜻밖의 고백

초율이 돌아서자, 서강이 목소리가 크게 울렸다.

"이제부터 생각하면 되잖아? 난 널 좋아하니까, 이제부터 네가 날 좋아하면 되는 거잖아?"

순간 소름이 돋는다. 내가 널 좋아하니까, 네가 날 좋아하면 되는 거라니? 이 무슨 궤변인가. 자기 자신에 대한 자신감이 넘쳐나지 않고서는 할 수 없는 말이다. 초율은 대꾸하지 않는다. 서강이 따라온다. 갑자기 그가 무서워진다.

"초율아, 너 혹시 윤하 때문에 그러는 거야? 윤하가 말했구나! 아하, 그것 때문이네. 윤하는 내 스타일 아냐. 그래서 거절했어."

초율은 걸음을 멈추지 않았다. 더 이상 할 말이 없다.

공교롭게도 아파트 현관 앞에서 윤하하고 마주쳤다. 따라오던 서강은 윤하를 보더니 그제야 돌아섰다.

그는 내 스타일이 아니다

윤하가 작정하고 비웃음을 날렸다.

"이제 알겠다. 서강이가 나를 자꾸 멀리하는 이유를. 그렇지 않고서야 날 멀리할 이유가 없지? 근데 넌 그걸 속이고 있었어. 넌 이제 내 친구가 아냐!"

아니라고 초율이 부정하면 할수록 그녀의 비웃음은 날카로워진다.

"그래도 이해할 수 없는 건, 왜 서강이가 널 좋아하느냐는 거야. 도무지 이해할 수가 없어!"

자존심이 상하는 말이다. 그래도 초율은 받아치지 않았다. 굳이 이 문제로 다투기 싫다.

다음 날부터 윤하는 마주쳐도 초율의 눈길을 무시했다. 엘리베이터 안에서도 한마디 말도 하지 않았다.

서강은 날마다 아파트 앞으로 찾아왔다. 그 어떤 말을 해도 그는 수긍하지 않았다.

아, 이게 이렇게 어려운 일이구나! 이렇게 골치 아프고 머리 아픈 걸 왜 하려고 할까.

초율은 사랑이라는 말이 너무 어렵다. 내가 앞으로 누군가를 사랑할 수 있을까. 그런 걱정이 온몸을 흔들어 댔다.

수족관에 들어가서 파란별에게 이 문제를 의논했다. 파란별은 깔깔깔 웃었다.

"사랑이란 그런 거야. 수학 문제처럼 확실하게 답이 보이는 게 아니라고."

"그럼 어떡해? 난 아무런 감정이 없는데, 자꾸만 사귀자고 하잖아."

"아이고, 딱해라. 그놈이 너한테 푹 빠져 버렸구나! 그럴 땐 아무것도 안 보여."

"나도 힘들어. 게다가 이걸로 윤하랑 오해가 생기게 되어서 더 그래."

파란별은 뭐라 도움 줄 지혜가 없다고 웃었다. 결국 이 문제는 스스로 풀어야만 하는 거다. 안타깝게도 시간이 지날수록 더 엉키고 꼬여 갔다.

서강의 고백을 들은 지 3일째 되는 날, 선율은 진지하게 물어 왔다.

"야, 정초율! 너 서강이가 그렇게 싫어?"

"걘 내 스타일이 아냐."

선율은 그런 초율을 비꼬았다.

"네 스타일이 뭔데? 야, 서강이가 어때서 그래? 우리 학교 남자들 중에서 짱이잖아? 외모, 성격, 집안, 성적 뭐 한 가지라도 빠지는 게 있냐?"

초율은 버럭 소리를 지른다.

"그래서 어쩌라고? 내 스타일이 아닌 걸 어쩌라고? 다른 애 사귀면 되잖아! 왜 싫다는 애한테 구질구질하게 달라붙어서 귀찮게 하는데!"

화내다 보니 기운이 쭉 빠진다. 어쩌다가 이런 일에 엮여 하루하루 힘들게 에너지를 낭비해야 하는지 허탈하다.

초율은 서강에게 전화하여 너는 내 스타일이 아니라고 단호하게 쏘아 댔다.

그러나 서강은 받아들이지 않았다. 그러곤 거짓말하지 말라고 대답했다.

"난 지금까지 살아오면서, 날 싫어하는 여자를 만난 적이 없어. 내가 왜? 내가 뭐가 부족한데? 아니, 나를 싫어하다니. 감히……."

서강의 입에서 그런 말까지 흘러나왔다. 오싹 소름이 돋았다. 초율은 이런 상황에서 자신이 어떻게 처신해야 하는지 아무런 대책이 없었다. 정우 씨를 떠올리다가 괜히 걱정거리를 만들어 줄까 봐 고개를 흔들었다.

대신 선율을 불렀다. 어기적어기적 방에서 나온 선율도 걱정스러운 눈빛을 보낸다.

"나도 요새 서강이를 보면서 쟤가 왜 저러나, 하고 헷갈릴 때가 많아. 어떨 땐 전혀 다른 애 같기도 하고, 무섭다는 생각도 들어. 걔가 널 절대 포기할 수 없다고 할 때는 진짜 소름이 돋았어. 이건 아니잖아? 이러다 무슨 일이 나지 않을까, 하고 불안해. 초율아, 그니까 이렇게 하면 어떨까? 그냥 적당히 사귀는 척하는 거지. 그러면서 조금씩 너에 대한 환상을 깨게 하는 거야. 난 걔가 너한테 환상을 갖고 있다고 봐. 막상 너랑 한 달만 사귀면 자연스럽게 헤어지자고 하지 않을까?"

말도 안 되는 제안이었다. 어떻게 거짓으로 사귀는 척한단 말인가. 그런 연기를 할 자신이 없다.

초율은 기말고사를 어떻게 보았는지 모른다. 성적은 전체 8등이다. 담임 선생님이 초율을 상담실로 불렀다. 뻔한 이야기였다. 갑자기 성적이 왜 이렇게 하락했느냐? 무슨 문제가 있냐? 이것저것 캐물었다.

서강이 전교 1등이었다. 윤하가 그 뒤였다. 초율은 그 둘의 뇌가 궁금해졌다. 이런 상황에서도 성적까지 챙기는 그들이 다른 종족으로 보였다.

초율은 학교에 갈 때도 일부러 선율과 붙어 갔다. 서강은 스토

커 수준으로 초율의 주위를 맴돌고 있었다. 선율의 한숨도 깊어 갔다. 그러니까 대충 그 말을 들어주는 척하면서 다른 방법을 찾아보자는 의미다.

서강은 초율에게 달나라까지 달아나도 따라갈 것이라고 공공연히 말하고 있다.

"서강아, 대체 왜 이래? 너 싫다고 말했잖아! 싫으니까 싫다고 한 거야. 그니까 제발 나 좀 내버려둬."

서강은 비릿하게 웃을 뿐이다.

"아니, 난 반드시 네가 날 좋아하게 만들 거야! 넌 후회하면서 날 미치도록 좋아하게 될 거야!"

"이 미친 또라이!"

초율은 버럭버럭 악을 쓰면서 욕설을 퍼부었다. 그대로 미쳐 버리고 싶다. 그러지 않고서는 이 수렁에서 벗어나지 못할 것 같다. 꿈에서도 그가 나왔다. 이제는 수족관에 들어가도 정신이 맑아지지 않았다.

*

방학을 하루 앞둔 날이었다. 초율은 점심시간에 학교 현관 앞 정원에서 정신을 잃었다. 눈을 떠 보니 선율이 보였다. 병원이다.

"정신 차렸냐? 간호사한테 말하고 와야겠네. 깨어났다고."

초율은 그걸 손짓으로 막는다.

"어떻게 된 거야?"

"넌 학교에서 쓰러졌고 구급차에 실려 왔어."

선율이 간단하게 대답했다.

그때 정우 씨가 들어와서 초율의 손을 잡아 주었다.

"엄마, 미안해요. 어렸을 때도 몸이 부실해서 늘 힘들게 했는데, 또 이러네요."

"미안하다니, 다시는 그런 말 하지 마."

정우 씨가 딸의 등을 토닥거렸다. 초율은 자꾸만 어릴 적 잔병 치레하던 기억이 떠오르자 미안하다고 되풀이했다. 정우 씨의 토닥거림 때문인지 초율은 다시 졸음을 못 이기고 눈을 감았다.

초율은 잠이 들어서도 정우 씨의 체온을 느꼈다. 어쩌면 가수면 상태였는지도 모른다.

정우 씨가 나가고 누군가 들어왔다. 갑자기 초율의 몸이 서늘해졌다. 자꾸 몸이 떨려서 눈을 뜨려고 안간힘을 썼다. 가위눌렸을 때랑 비슷하다. 누군가 초율의 손을 꼭 잡았다. 아주 차갑다. 점점 의식이 흐려진다.

얼마나 많은 시간이 흘렀을까. 초율이 눈을 뜨자 정우 씨가 보였다.

"초율아, 엄마야! 알아보겠지?"

정우 씨의 목소리는 깜짝 놀랄 만큼 컸다. 초율의 입이 열려도 말이 나오지 않는다. 정우 씨의 양 볼로 눈물이 흘러내린다. 초율이 누워 있는 곳은 집중 치료실이었다.

정우 씨의 말이 초율은 믿어지지 않았다. 내가 사흘간이나 혼수상태였다고?

정우 씨의 목소리가 낮게 깔렸다.

"그날, 네가 학교에서 쓰러졌다가 병원에 와서 깨어난 날, 내가 잠깐 병실 밖에서 마을 연극 문제로 몇몇 사람이랑 통화하고 있었어. 그때 한 남학생이 온 거야. 나한테 와서 선율이 친구 서강이라고 하더라. 네가 자고 있다고 했더니, 잠깐 얼굴만 보고 꽃을 놓고 가겠다고 하더라. 그래서 그러라고 했는데, 한 오 분 정도 지났나? 갑자기 그 아이가 급하게 소리치면서 뛰어나오더니 네가 숨을 쉬지 않는다고 하는 거야. 그래서 가 보니까, 넌 심정지 상태였어. 의료진이 어찌어찌하니까 심장은 다시 살아났지만, 의식은 돌아오지 않아서……. 어쨌든 그 아이 때문에 넌 살아난 거야. 정말 고마운 아이야."

초율은 멍한 눈길로 정우 씨를 바라다본다. 이게 무슨 소리지? 서강이 나를 살려 냈다니? 정우 씨 말이 계속 이어졌다.

"근데, 갑자기 네가 심정지 상태가 된 이유를 모르겠어. 의사도 모르겠대."

초율은 아스라이 기억 속에서 가물거리는 그 실루엣의 정체가 서강이라는 사실을 알자 다시금 온몸에 찬기가 엄습했다. 갑자기

어지럽다. 가슴이 답답해진다. 그걸 본 정우 씨가 간호사를 부르며 뛰어나간다. 곧 간호사가 달려온다.

"어, 왜 이러지? 심장 박동이 빨라지고, 혈압도 올라가고."

간호사가 초율의 몸에다 무슨 약물을 투입했다. 그제야 초율은 편안해진다.

*

병문안 온 서강이 걸어왔다. 순간 초율은 긴장하면서 호흡이 빨라졌다. 초율은 이 증상이 그와 관련이 있다고 확신했다. 물론 그 누구에게도 언급할 수 없다.

서강을 배웅하고 온 정우 씨가 어떤 사이냐고 물었다. 초율은 저도 모르게 몸을 떨었다. 정우 씨는 깜짝 놀라서 초율의 손을 잡았다.

"왜 이렇게 손이 차갑지?"

초율은 부들부들 떨면서 서강에 대한 모든 이야기를 풀어놓았다. 한참 만에 정우 씨는 고개를 끄덕였다. 충분히 서강의 행동에 대해서도 이해가 된다는 눈빛이었다. 이성을 어떻게 대하고, 어떻게 좋아하는지 모르기 때문에 나타나는 현상이라고 하면서.

"엄마도 걱정돼. 그 애가 무슨 짓을 할지 모르니까. 아무튼 그것 때문에 네가 스트레스를 많이 받았구나! 의사 선생님이 계속 그걸 물었거든. 따님이 스트레스를 많이 받는 것 같은데 아시냐고? 의사 선생님은 스트레스가 주된 원인 같다고 하셨어."

"엄마, 방학했으니까 퇴원하면 나 엄마랑 같이 가게에 나갈게요. 가게 일 도울게요. 그래야 불안하지 않을 것 같아요. 엄마는 제 부적이잖아요? 서강이도 거기까지는 찾아오지 못할 거예요. 그러다 보면 좀 나아지지 않을까요?"

"그래, 그게 좋겠다."

김밥 가게는 갑자기 떠올린 것이다. 초율은 새삼 그런 피난처를 찾아낸 자기 뇌를 칭찬해 주고 싶었다. 퇴원한 뒤에도 정우 씨와 같이 있는 상상을 하자 한결 마음이 편했다.

사흘 뒤, 퇴원한 초율은 곧장 정우 씨의 일터로 따라나섰다. 소영 씨는 초율을 보자 갑자기 입이 트이는 것 같다고 하면서 종일 재잘거렸다. 가게는 활기 넘쳤다. 손님도 초율의 예상보다 훨씬 많았다.

좋은 재료를 써서 저렴하게 판매한다는 믿음이 손님들 마음을 움직이는 셈이다. 초율은 배달까지 자처하여 나섰다. 오후 다섯 시쯤 배달하고 돌아오는데 정우 씨의 전화를 받고 얼마나 긴장했는지 모른다.

"그 아이가 가게로 왔어. 내가 잘 타일러서 돌려보낼 테니까, 넌 그렇게 알아."

초율은 근처 2층 카페에서 김밥 가게를 몰래 훔쳐보았다. 한 시간쯤 흐르자 서강이 김밥집에서 나왔다.

"잘 설득해서 보냈어. 이제 충분히 알아들었을 거야."

초율은 확신에 찬 정우 씨의 말을 믿지 않았다.

아니나 다를까. 다음 날 다시 서강이 왔다. 정우 씨가 그를 데리고 나갔다.

두 시간쯤 지나서 돌아온 정우 씨는 화를 삭이려고 자꾸만 물을 들이켰다.

아무리 말해도 그가 알아듣지 못한다고 하면서. 이 정도면 아주 심각한 상태라고. 정우 씨는 그의 어머니 최 교수를 만나야겠다고 입술에다 힘을 모았다. 초율은 말리지 않았다. 그리고 이렇게 언급했다.

"엄마, 저 전학 갈까요?"

"전학 간다고 이게 해결되겠니? 전학 간 곳까지 그 아이가 따라올 거야."

"그럼 어떻게 해요?"

"그러니까 엄마가 나선다고 하는 거지. 걱정 마라."

정우 씨의 눈빛은 비장했다. 너무 비장해서 경건해 보일 정도로.

그날 밤 최 교수를 만나고 온 정우 씨는 이제 안심해도 된다고 초율의 손을 잡았다.

*

"서강이랑 어떻게 친해진 거야?"

정우 씨가 쳐다본다. 선율은 살짝 그 눈빛을 피하면서 담담하게 대답했다.

"어느 날부턴가 갑자기 그 애가 말을 걸어왔어. 좀 이상하다고 생각했지. 쟤가 왜 나랑 친구가 되려고 할까? 난 걔한테 도움이 되는 게 하나도 없거든. 그러다가 초율이 때문에 의도적으로 나한테 접근했다는 걸 알게 되었어. 그렇지 않고서야 걔가 나랑 친할 이유가 없거든."

정우 씨의 입에서 가늘게 한숨이 터져 나온다.

"내가 최 교수를 만나서 말했어. 만약 계속 찾아오면 경찰에 신고하겠다고. 그러자 죄송하다고 하면서, 아들의 그런 증세를 인정하시더라. 들어 보니 예전에도 그런 일이 있었대. 중학생 때 다른 곳에서 살 때 말야. 그래서 치료도 받았다고 하더라고."

"엄마, 그럼 난 어떻게 해? 내가 피하면 걔가 무슨 짓을 할지 모르는데."

"설마 너한테 그러기야 하겠니? 적당히 거리를 두면서 지내다가 정리하면 되지."

선율은 고개를 끄덕이면서도, 그와 마주치는 것이 두려워진다.

*

걷다 보니 클라이밍 체육관이다. 선율을 지도하는 강사 박 선생님이 왜 이렇게 빨리 왔냐고 장난스럽게 물었다. 선율은 그냥이라고 시큰둥하게 대답한다.

옷을 갈아입고 인공 암벽 쪽으로 다가간다. 박 선생님이 선율을 부른다. 근력 운동부터 해야 한다는 뜻이다. 선율은 그걸 무시했다. 박 선생님은 팔짱을 끼고 가만히 보고만 있었다. 선율이 초보자 코스로 오른다. 오늘따라 두려움이 없다. 밑에서 박 선생님이 소리쳤다. 조심하라는 소리다.

그 말이 끝나자마자 선율의 손이 미끄러지면서 아래로 추락했다. 선율의 몸이 줄에 매달려 대롱대롱 흔들린다. 밑에서 박 선생님의 노발대발하는 목소리가 울렸다. 그러거나 말거나 선율은 일부러 매달려 있다.

체육관에 있는 모든 것이 다 흔들린다. 흔들리는 존재들을 보자 이상하게도 마음이 편해진다. 그렇게 거꾸로 매달려 있어도 편안할 수도 있다는 사실이 신기하다.

요즘 들어 선율은 인공 암벽을 더 열심히 올라간다. 올라가는 이유는 절정에서 떨어지기 위해서였다. 떨어지는 순간의 아찔함과 거꾸로 보는 세상의 흔들림을 만끽하기 위해서. 그렇게 거꾸로 매달려 있으면 몸속에 자생하는 불안이 사라진다. 신기한 일이다.

그런 힘으로 선율은 하루하루 버텨 냈다.

*

2학기 첫날이었다. 서강이 보이지 않았다. 미국 여행을 갔다가 귀국이 늦어지고 있다고 선생님이 설명해 주었다. 미국에 큰 산불이 나서 항공편이 지연되고 있으니 어쩔 수 없는 상황이라고. 선율은 그 산불이 영원하기를 바랐다. 영영 그가 돌아오지 않는 상상을 하면서.

그런 서강이 사흘 만에 얼굴을 내밀었을 때, 선율은 뭔가 잘못됐다고 생각했다. 선율은 형식적으로 알은체했을 뿐이다. 수업이 끝나자 서강이 선율을 부른다.

"야, 선율아! 나랑 이야기 좀 하자."

선율은 그의 그림자만 보고 따라간다. 인조 잔디의 열기가 후끈후끈 달아오르게 했다. 그 열기 속에서 공을 차는 아이들이 비현실적으로 보였다.

서강은 단풍나무의 텃세로 그늘이 넓게 퍼진 운동장 꼭짓점으로 간다.

"너, 요즘 어떻게 지내냐?"

"그냥 뭐, 클라이밍 열심히 하고 그래."

"인공 암벽 타기. 그거 어렵다고 하던데……. 다행이네."

선율은 그늘에 있는 나무 의자에 앉았다. 딱히 할 말이 없다.

"선율아, 네가 날 어떻게 생각할지 몰라도, 나 그렇게 이상한 놈 아냐. 내가 초율이를 너무 좋아해서 못 잊고 있지만. 야, 누굴 좋아하는 게 죄냐?"

아직도 서강은 초율에 대한 감정을 해결하지 못하고 있었다. 서강은 몇 번이나 초율을 좋아하는 게 죄냐고 물었다. 그래서 어쩌라고? 선율은 대답할 수 없다.

"그래도 초율이가 불편하다고 하니까, 그만 쫓아다니려고. 그래서 미국으로 여행 간 거야. 떨어져 있으면 괜찮아질 것 같아서. 그래도 그게 안 돼. 사실 한국에 오고 싶지 않았어. 철갑상어들 때문에 온 거야. 그것만 아니었으면 진짜 안 왔을 거야. 내가 없으면 그 물고기들을 누가 키우냐?"

철갑상어 때문에 돌아왔다는 말을 듣자, 어쩌면 그의 진심을 너무 모를 수도 있다는 자책이 꿈틀거린다. 그에 대한 부정적인 상상이 커진 건 사실이다. 어쩌면 그런 감정마저도 잘못되었을지도 모른다. 선율은 그렇게 중얼거린다.

"난 한번 푹 빠지면 거기서 빠져나오는 게 어려워. 그게 맘대로 안 돼. 좋아하는 감정이란 그래. 내 맘대로 안 돼. 그래서 지금도 많이 힘들어. 그렇다고 그걸 하소연하려는 건 아냐. 내가 한국에 돌아오자마자 그 새끼들한테서 연락이 왔어. 그때 공원에서 초딩 여자애를 괴롭히다가 나랑 부딪힌 애들. 걔들은 다른 학교에 다니는 2학년이야."

서강은 일부러 말꼬리를 흐리면서 선율을 흘겨본다. 선율은 그 눈빛을 마주 보지 못했다. 삽시간에 그의 눈빛이 싸늘해진다.

"그래도 우린 한동안 친했잖아? 그니까 솔직하게 말해 줘야 해."

"뭘?"

"그 새끼들이 알고 있었어. 내가 어려서 소아암 환자였다는 것을. 그중 한 놈이 말하더라. 근데 그 병이 요즘 재발했다며? 시한부 삶이라며? 쯧쯧쯧, 어쩌다가 그렇게 됐냐? 우리가 손 좀 봐 주려고 했더니, 불쌍해서 직접 손볼 수는 없고, SNS에다 적당히 알리기는 해야겠지? 뭐 네가 그때 일을 우리한테 사과하고 그런다면 그냥 넘어가겠지만……. 그렇게 나한테 협박했어."

"너 재발한 거 아니잖아?"

"당연하지. 근데 너도 알잖아? SNS라는 것이, 소문이라는 것이 진실과 거짓을 구별하지 않잖아? 그 소문이 퍼지는 순간, 난 시한부 인생을 살고 있는 불쌍한 놈이 된다는 걸. 물론 내가 그까짓 소문에 휘둘리지는 않아. 그래서 맘대로 하라고 했어. 다만 난 누가 그 사실을 그놈들에게 누설했느냐? 그걸 알고 싶은 거지. 그리고 그 사실을 알고 있는 사람은 딱 한 명밖에 없어."

순간 선율은 고개를 흔들어 댔다. 그 제스처가 지나치게 커서 중심을 잃을 정도로.

"난 아니야! 난 몰라! 걔들도 몰라!"

서강은 애써 웃으려고 했다.

"야, 괜찮아. 무슨 사정이 있었겠지? 그놈들이 너를 끌고 가서 나에 대한 비밀 같은 거 말해 달라고 위협했을 수도 있고. 난 널 탓하려는 게 아냐. 그냥 네 솔직한 진실을 듣고 싶을 뿐이야. 정말 그래. 그럼 끝이야!"

서강의 목소리는 너무 차분해서 다른 사람이라고 느껴졌다. 그래서 더 당황스럽다. 선율은 더 크게 고개를 흔들었다. 그럴수록 어색해진다.

"아니라니까!? 진짜 나 아니야!"

"선율아, 너 진짜 실망스럽다. 내가 말했잖아? 내 비밀을 아는 사람은 너밖에 없다고. 이런 상황에서 너라면 어떻게 생각하겠냐?"

갑자기 가슴이 답답해진다. 그래도 아닌 건 아니다. 선율은 계속 아니라고 부정했다.

서강의 얼굴이 일그러진다. 그는 고개를 숙이고 자기 얼굴을 손으로 문지르다가 갑자기 하늘을 보고는 뭐라고 중얼거린다. 전혀 알아들을 수 없는 언어였다. 얼굴은 핏기 하나 없다.

"너 진짜 나쁜 놈이구나!"

"내가 한 게 아니래도!"

"이 새끼가 진짜!"

너무도 순간적인 일이었다. 벌떡 일어난 그의 왼발이 날아왔다. 피할 새도 없었다. 선율의 왼쪽 귀가 멍해졌다. 쓰러지고 나서야 선율은 자신이 쓰러졌음을 자각했다.

그때부터 서강은 온갖 욕설을 내뱉으면서 발길질을 했다. 선율은 발길질을 막으려고 하지도 않았다. 비명도 나오지 않았다. 아프고, 멍하고, 이리저리 굴러다닌다.

축구하던 아이들이 몰려왔다.

천 살이 되면
영원한 생명을 얻는다

초율의 방과 후 일정은 학교에서 시립 도서관으로 이어졌다. 학교 도서관에 가지 않는 이유는, 그곳에 가면 괜히 눈치가 보이기 때문이다.

도서부 아이들은 자꾸 성가시게 자기네 동아리에 가입하라며 유혹하고, 사서 선생님도 공연히 말을 붙인다. 다 귀찮다. 편안하게 책이랑 소통할 수 없다. 게다가 시립 도서관에 과학책과 철학책이 훨씬 많다.

그 누구의 간섭도 받지 않는다. 그러니 학교보다 그곳에서 보내는 시간이 훨씬 더 기다려지는 건 당연한 일이다.

오늘은 그곳을 포기했다. 몸이 피곤하다. 이제 몸이 조금만 피곤해져도 겁이 난다. 초율은 집에 가자마자 수족관으로 들어갔다. 아, 편하다. 그냥 여기서 살고 싶었다.

파란별이 다가왔다.

"물속이 편안해진다는 것은, 그만큼 네가 지구에서 오래 살았다는 뜻이야. 이제 지구를 떠날 때가 되어 간다는 뜻이기도 하고. 네가 햇살에 조금만 노출되어도 힘들어하는 게 다 그런 이유 때문이야. 난 지구에서 보낼 수 있는 오백 년이라는 시간을 대부분 소비한 상태야. 지금 당장 금붕어로서의 생물학적인 시간을 마감해도 전혀 이상하지 않아. 초율이 넌 인간이니까 여든 살이나 아흔 살까지 더 살겠지. 그 정도 살면 너 역시 오백 년에 가까운 시간이 다 소모될 거야. 미러클 스타에서 온 생명은 그렇게 태어났어. 오백 년 정도 살 수 있도록. 하지만 사백 년이 넘어서면 언제든지 지구의 시간을 마무리할 수 있어. 그니까 너무 힘들면 남은 시간을 다 소비하지 않고 미러클 스타로 돌아가도 된다는 뜻이야."

미러클 스타로 돌아가다니?

초율은 도무지 실감이 나지 않는다. 미러클 스타로 돌아간다는 것은, 지금 생물학적 존재인 초율이라는 생명의 죽음을 의미하지 않는가. 아, 말도 안 된다. 지금 그렇게 된다면 남은 가족들이 얼마나 슬퍼하겠는가.

파란별이 호호호 웃었다.

"초율아, 네가 지금 당장 지구를 떠나 미러클 스타로 돌아간다고 해도, 생물학적인 네 몸은 변함이 없어. 몸에서 너만 빠져나간다는 뜻이야. 그리고 네 몸속으로 다른 존재가 들어와. 미러클 스타에서 온 후배들이 지금 지구를 떠돌면서 네 몸으로 들어가는 순서를 기다리고 있거든. 역시 인간이 인기가 좋아. 그러니까 너는 떠나도, 생물학적인 존재인 초율은 늙어서 자연사할 때까지 계속 살아간다는 뜻이야. 다만 새로운 존재가 들어오면 성격이 달라질 수가 있겠지. 인간이 살다 보면 다른 사람처럼 성격이 변하기도 하는데, 그게 다 그런 이유 때문이야."

그렇구나! 초율은 은연중에 고개를 끄덕이다가 멍해진다.

자신이 지구를 떠나도 생물학적인 존재가 멀쩡하다는 사실에 안심하면서도 왠지 불편해진다. 과연 남아 있는 사람들이 그걸 모를까. 하루아침에 달라져 버린 딸을 보고 정우 씨는 어떻게 반응할까.

선율은 또 뭐라고 할까. 그런 상상을 하다 보니까 새삼스럽게 윤하가 떠오른다. 혹시 윤하도 외계 생명이 아닐까. 윤하의 몸에서 살고 있던 외계 생명이 떠나고 새로운 존재가 들어온 게 아닐까. 그래서 하루아침에 저렇게 초율과의 관계를 끊어 버린 게 아닐까.

그 말을 들은 파란별도 그럴 수 있다고 고개를 끄덕였다.

"우리 말고도 다른 별에서 온 생명이 지구에 많이 살고 있어. 그들은 그들끼리만 소통하니까, 우린 알 수가 없지. 윤하도 그런 외계 생명일 수 있어."

"그래, 그건 그렇고. 어쨌든 난 지금은 안 돌아가. 내 몸에 할당

된 시간을 다 누리고 갈 거야. 근데 자주 몸이 힘들어져서 그게 걱정이야. 안 그래도 지구는 온난화 현상으로 점점 더 더워지고 있는데 말야."

"그러니까 체력 관리를 잘해서 생물학적인 몸이 늙었을 때도 건강하게 살아야지."

초율이 대꾸하지 않자, 파란별도 말을 걸지 않았다.

그들은 일정한 거리를 두고 가수면 상태에 빠져들었다. 물고기는 잘 때 눈을 감지 않는다. 심지어 물살에 흘러가면서도 깊은 수면의 세계를 만끽할 수 있었다. 꿈도 꿀 수 있었다. 오늘은 바람이 되어서 어디론가 빨려 가는 꿈을 꾼다.

잠에서 깨고 정신을 차린 초율이 꿈 이야기를 하자, 파란별은 은연중에 미러클 스타로 돌아가는 연습을 하는 것이라고 말했다.

"우리의 몸에는 귀향 연습을 하는 본능이 있어. 우린 일정한 때가 되면 바람 같은 것으로 변해서 미러클 스타로 돌아가거든."

그게 사실이라면 받아들일 수밖에 없었다. 다만 지금은 주어진 시간대로 살고 싶었다. 초율이 그렇게 말하자, 너는 아주 현명하다고 파란별이 웃는다.

자신이 외계에서 온 생명이라는 사실을 알고는 무척 괴로워하는 게 대부분이고, 심지어 그런 사실을 받아들이지 못하고 자살하는 경우도 있다고 했다.

"아, 참! 그 아이는 요즘 어때? 서강이 말이야."

"아직은 모르겠어. 근데 이상한 게 있어. 그때 말야. 여름 방학 전날 내가 쓰러졌잖아? 그날 내가 쓰러진 것은 납득이 가. 아침부터 몸이 좋지 않아서 조퇴할까도 생각했으니까. 내가 병원에서 깨어났다가 다시 잠이 들었는데, 누군가 병문안을 온 것 같았어. 그게 누군지 그때는 몰랐지만, 나중에 엄마가 그러더라고. 서강이가 꽃을 들고 왔다고. 걔가 내 병실에 오 분 정도 머물렀대. 그때 알 수 없는 일이 일어난 거야. 난 가수면 상태였는데, 이상하게도 몸이 차가워진다는 것을 느꼈어. 가위눌린 것 같기도 했는데, 아무리 바둥거려도 몸이 움직여지지 않았어. 몸이 차가워지고, 몸속에서 뭔가 빠져나가는 것 같았어. 그러다가 의식이 흐려지는 것을 느꼈지. 나중에 엄마가 그러는데, 서강이가 갑자기 소리치면서 달려 나왔대. 내가 숨을 쉬지 않는다고 말야. 엄마는 걔가 날 살렸다고 말했어. 근데 있잖아, 왜 그날 생각만 하면 몸이 차가워지고 가슴이 답답해지는지 모르겠어."

"아니, 그걸 왜 이제 말하는 거야?"

갑자기 파란별의 초음파가 강렬해진다. 초율이 왜 그러냐고 물을 새도 없이 파란별의 목소리가 높아졌다.

"혹시나 했는데, 역시 그놈이 맞구나! 그동안 그놈에 대한 여러 가지 조사를 해 왔는데, 내가 추적하고 있는 수배자라는 결정적인 단서가 부족했거든. 이제 확실해졌어. 네가 갑자기 심정지 상태가 되었다는 것은, 그놈이 네 시간을 털어 갔다는 뜻이야. 이건 지구의 의사도 알 수가 없고, 우리처럼 오랫동안 수사를 해 온 이들만이 알 수 있어. 그놈은 시간 털이범이야. 우리 동족의 시간을 전문적으로 훔치는 범죄자. 당연히 그놈도 우리 동족이지."

이게 대체 무슨 말인가? 동족의 시간을 전문적으로 훔치는 범죄자라니!

"난 비밀경찰이야. 흉악한 시간 털이 범죄자를 쫓는 일을 전문적으로 해 왔어. 이젠 늙어서 직접 체포하는 일은 하지 못하고 있지만, 계속 그를 감시하고 있었어."

"좀 알아듣게 이야기해 줘. 나는 무슨 말인지 통 모르겠어."

"우리는 지구 생명과 달리 몸속에다 자신이 살아온 만큼 시간의 힘을 축적할 수 있어. 우리의 뇌에는 시간의 테가 새겨져 있는데, 인간의 과학으로는 그 무늬를 찾아낼 수가 없어. 우리가 몇백 년간 살 수 있는 것도 그 힘 때문이야. 당연히 그 힘이 많을수록 더 오래 살 수 있겠지. 그래서 미러클 스타에서도 시간 털이 범죄가 많았어. 물론 지금은 아예 타인의 시간을 빼앗을 수 없도록 애초부터 몸이 변화했기 때문에 불가능한 일이지만, 미러클 스타를 벗어나면 의미가 없어져. 그놈이 우리 동족의 시간을 빼앗기 시작한 것도, 그걸 알았기 때문이야. 우린 그를 잡으려고 전담반을 편성해서 추적했으나 별 성과가 없었어. 그놈은 우리 동족의 시간을 빼앗을 때마다 그만큼 강해지고, 다른 생명으로 변해서 추적을 따돌렸거든. 나중에는 상상조차 할 수 없는 절대적인 힘을 갖게 될 거야. 그 전에 그를 잡아야 해."

"하하, 점점 더 이해할 수 없어."

"서강이가 너한테 접근한 건, 널 좋아해서가 아냐. 동족을 발견하면 좋아한다고 집요하게 접근하지. 아마 이런 일이 처음은 아닐 거야. 아무튼 그는 그렇게 접근해서 동족의 시간을 다 빨아들이는 거야. 그럼 시간을 빼앗긴 자는 심장이 멈추고, 생물학적인 몸은 죽어 가지. 우리의 몸은 그 시간의 힘으로 움직이거든. 네가 입원했을 때 갑자기 심정지 상태가 된 것도 그런 이유 때문이야. 시간을 조금이라도 남겨 두면 상대가 죽지 않겠지만, 이번에 너처럼 모든 시간을 다 털어 내면 심정지 상태가 되고 결국 사망하게 돼. 그놈이 네 손을 잡고만 있어도 전선과 전선이 접지된 것처럼 네 몸속에 있는 시간의 힘이 그놈에게 흘러가. 아무리 그렇다고 해도 오 분 정도 짧은 시간 안에 네 몸속에 있는 시간이 다 빠져나갈 수는 없어. 숨이 멎을 정도로 네 몸속 시간이 다 바닥났다는 것은, 그놈이 손을 잡은 게 아니라……."

다음 순간, 초율은 꺄악 하고 비명을 지른다. 파란별이 이은 말이 너무 충격적이었다. 어이가 없고, 허탈해진다. 비참해진다.

그게 사실이냐고 몇 번이나 물었다. 파란별이 부정하지 않았다. 생물학적인 몸에서 가장 빨리 에너지가 빠져나가는 부위는 입술밖에 없다고 하면서. 그러니까 잠들었을 때 서강의 입술이 초율의 입술에 접지되었음을 의미한다. 모멸감이 초율의 몸에 휘몰아쳤다.

"이 나쁜 놈! 가만두지 않을 거야!"

"진정, 진정해. 그놈은 숱한 경찰이 추적했어도 잡지 못한 놈이야. 어쨌든 초율이 넌 운이 좋았어. 그런 상황에서도 살아났잖아? 네가 깨어났다는 것은, 그놈이 훔쳐 간 시간이 다시 네 몸으로 돌아왔다는 뜻이야. 그만큼 네가 강하다는 거고, 결국 그놈은 네 시간을 빼앗는데 실패한 셈이지. 넌 이제 그놈을 두려워하지 않아도 돼. 왜냐면 넌 이제 그놈의 공격에 대한 면역이 생겼을 테니까."

"그놈에 대한 면역이 생겼다고? 그게 사실이야?"

"틀림없이 그럴 거야. 어쨌든 이번에는 꼭 잡아야 해. 그렇지 않으면 나중에는 상상도 할 수 없는 비극이 일어날 거야."

초율은 너무도 많은 이야기를 들어서 머리가 아팠다.

수족관에서 나온 초율은 화장실 거울 앞에 섰다. 꽉 깨문 입술을 보는 순간 수돗물을 틀고, 거칠게 얼굴을 문지른다. 그건 분명 성폭행이다. 이 자식을 어떻게 해야 하지? 중얼거릴수록 분노가 치솟는다. 초율은 얼굴을 찬물로 씻어 댄다. 입술에 그의 숨결이 남아 있는 것만 같다. 어이없게도 눈물까지 나온다.

초율이 화장실에서 나오자 선율이 현관문을 열고 들어왔다.

"야, 그 새끼 오늘 학교 왔지?"

다짜고짜 물었다.

"그 새끼가 누군데?"

선율은 고개를 숙인 채 신경질적으로 받아쳤다.

"그 새끼 말야. 서강이!"

"내 앞에서 그 새끼 이야기하지 마!"

선율은 버럭 소리를 질렀다.

"야, 그 새끼 너랑 친하잖아?"

"내 앞에서 그 새끼 이야기하지 말라고오!"

선율은 다시 한번 소리치면서 자기 방으로 사라졌다.

*

다음 날 오후였다. 초율은 서강에게 전화를 걸었다. 신호음이 간다. 저도 모르게 온몸에다 힘을 준다. 상대가 전화를 받는다.

"야, 정초율! 네가 나한테 전화를 다 하고 웬일이냐? 혹시 그때 병원에서 내가 널 구했다는 사실을 이제야 확인한 거야? 어쩌면 고맙다는 말 한마디 안 하냐? 그러면서 무슨 스토커니 뭐니 하면서 온갖 난리를 치더니. 대체 무슨 속셈이야? 너, 나 아니었으면 죽었어. 내가 그때 네 옆에 있었기에 망정이지 그렇지 않았으면 넌 벌써 죽었다고. 그건 네 엄마도 인정한 사실이야. 그날 나한테 고맙다는 말을 백 번도 더 했으니까!"

초율은 손으로 가슴을 꼭 누른다. 그럴수록 가슴속에서 부들거리는 분노가 계속 꿈틀거린다. 뭔가 말을 하려고 하자 입이 턱 막힌다. 피가 거꾸로 솟구친다. 냉정해지자! 정초율, 냉정해져야 해. 초율은 가슴속에서 팔딱팔딱 뛰는 분노를 계속 다독거린다.

"그래, 감사 인사도 만나서 하자. 일단 만나자."

"허, 거참 알 수 없군. 정 그러시면 네가 우리 집에 오던가? 난 지금 나갈 생각이 없어."

"좋아. 내가 가지."

초율은 서강이 알려 주는 아파트 동과 호수를 읊조린다.

땅거미가 깔려도 도시는 여전히 후덥지근했다. 그나마 집에서 나오는 터라 몸이 무겁지는 않았다. 이미 수족관에서 잠까지 자고 나온 상태였으니까. 두렵지도 않다. 그의 집으로 찾아간다는 것이 더 잘된 일이다.

집이란 그의 소굴이 아닌가. 그렇다면 그가 어떤 존재인지 모든 걸 다 알 수 있을 테다. 그의 집은 10층이다. 초인종을 누르기도 전에 현관문이 자동으로 열린다. 이런 집은 처음이다.

집 안에 들어서자 현관 벽에 붙어 있는 거대한 수족관이 눈에 들어온다.

서강은 안짱걸음으로 나온다.

"어쨌든 집에 온 손님인데 반갑게 맞이하지 못해서 미안하다. 앉아라."

서강은 거실 갈색 소파를 가리킨다. 초율이 앉았다. 서강도 그 옆에 앉았다.

"집에서 철갑상어를 키운다는 말은 들었지만, 수족관이 이렇게 큰 줄은 몰랐다. 철갑상어도 엄청 크네."

은연중에 나온 말이다. 서강은 수족관 앞으로 갔다. 철갑상어 두 마리가 서강 앞으로 왔다. 서강은 수족관 유리에다 얼굴을 대고 뭐라고 중얼거리더니 슬쩍 뒤돌아보았다.

"설마 철갑상어를 보고 싶어서 온 건 아닐 테고."

초율은 대답하지 않았다.

"설마 나랑 사귀자고 온 것도 아닐 테고."

이번에는 턱을 낮추고 쏘아본다. 정면 승부다. 의도한 건 아닌데 초율의 입에서 웃음이 번져 나온다. 상대가 그걸 보고 어처구니없다고 중얼거린다.

"뭐야, 무슨 나사 하나 풀린 것 같이 웃는 건?"

"야, 어서 나한테 사과해. 너, 그때 내가 잠들어 있는 병실에 들어와서 개지랄했잖아? 다 알고 있어. 네가 나한테 무슨 짓을 했는지. 그때를 상상만 해도 내 입술 피부를 다 벗겨 내고 싶을 만큼 끔찍하고, 역겹고, 더러워!"

침착하려고 했으나 말을 하면 할수록 초율의 목소리가 무거워졌다.

서강은 놀란 표정을 숨기려고 억지로 웃는다.

"하하하, 그러니까 내가 널 뭐 성폭행이라도 했다는 거야? 하하, 어이없네. 이런 걸 두고 은혜를 원수로 갚는다고 하나? 나 아니었으면 넌 죽었어. 그건 병원 의사부터 간호사들까지도 다 아는 사실이야. 근데, 뭐? 나한테 사과하라고? 내가 그랬다는 증거 있어?"

서강은 일부러 발소리를 내면서 초율 쪽으로 걸어온다.

초율은 그를 올려다보지 않는다.

"난 네 정체가 뭔지 다 알아. 네가 나랑 같은 미러클 스타에서 왔다는 것. 내 시간의 힘을 털어서 오래오래 지구에서 살고 싶어 한다는 것!"

잠시 침묵이 흐른다. 이번에는 초율이 일어나서 수족관 앞으로 간다. 수족관에 들어가고 싶은 충동으로 은연중에 몸이 흔들린다.

"그니까 넌 내가 외계인이라는 거냐? 뭐, 미러클 스타? 하하하! 너 정신 어떻게 된 거 아냐? 네 정신이 오락가락하니까 자꾸 쓰러지고 혼수상태에 빠지는구나! 내가 네 시간의 힘을 털다니? 돈도 아니고 시간의 힘이라니? 대체 그게 뭔 개소리야, 이 미친 또라이야!"

"기다려. 머잖아 널 체포하기 위해서 미러클 스타의 비밀경찰들이 찾아올 테니까. 난 그전에 지구인으로서 너한테 사과를 받고 싶었을 뿐이야. 그러지 않고서는 견딜 수 없었으니까. 그냥 미칠 것 같았으니까! 이 수치과 역겨움을 떨쳐 낼 수가 없었으니까! 그래서 이렇게 찾아온 거라고…… 이 새끼야!"

초율은 가슴 속에서 분노의 화산이 폭발하는 상상을 한다. 목소리가 메아리친다.

"사과 못 하겠다면 어쩔 건데? 어쨌든 제 발로 호랑이 굴에 찾아왔네. 맞아, 나도 미러클 스타에서 왔어. 난 반드시 네가 필요해. 너처럼 사백 년이 넘는 시간을 축적해 온 미러클 스타의 생명은 아주 드물지."

서강의 입가에서 묘한 미소가 번졌다. 그가 손으로 자기 얼굴을 문지른다. 그러면서 초율의 앞으로 다가왔다.

"그동안 난 고작 몇십 년밖에 살지 못한 미러클 스타 생명들만 상대했거든. 난 네가 지구에서 살아온 시간을 모조리 뺏을 거야. 저번에는 방심했지만, 이번에는 실수하지 않을 거거든. 그때 병원에서는 내가 너무 서둘렀어. 완벽하게 네 시간을 다 빼앗고 난 다음에 의료진을 불렀어야 했는데, 내 정체가 탄로 날까 봐 너무 서두른 게 실수였어. 그래서 너의 시간을 빼앗지 못했지만, 두 번 다시 실수하지 않을 거야."

서강은 페트병을 들어 벌컥벌컥 마신 다음 바닥에다 팽개쳤다. 초율은 미친놈이라고 비웃었다.

"그래, 살아 있을 때 맘껏 웃어라! 넌 아직 모르지? 지구에서 우리 종족이 천 년을 버티면 어떻게 되는지? 왜 천 살의 절반만 살게 하고 미러클 스타로 돌아가게 되는지 알려 줄까? 만약 그걸 알면 너도 달라질 텐데. 그래 봤자 이제 아무 소용없겠지만."

서강이 크게 소리쳤다.

"천 살이 되면 영원한 생명을 갖고, 절대적인 힘을 갖게 되거든! 그러지 못하도록, 미러클 스타에서 통제하는 거야. 그렇게 된다면 그 누구도, 미러클 스타에서 파견된 비밀경찰도 막을 수 없을 테니까. 네가 살아온 시간을 뺏으면, 난 천 살이 훌쩍 넘어서 신의 반열에 오를 수 있지. 그러면 인간 세상에서 뭐든 다 할 수 있을 거야. 억만장자가 될 수도 있고, 영원한 권력자가 될 수도 있어. 하하하하! 이렇게 된 이상 널 살려 둘 수는 없지. 우리 집은 워낙 방음 시설이 잘 되어 있어서, 막말로 포탄이 터져도 바깥세상에서는 몰라. 무슨 말인지 알겠지?"

초율은 빤히 서강을 쳐다보았다. 이상하게도 긴장되지 않는다.

"이런 순간이 극적으로 올 줄은 몰랐네. 몇 달 전부터 누군가 나를 감시한다는 것을 알고 있었고, 그래서 네 시간을 서둘러 뺏으려고 했다가 실패해서 다른 방법을 생각하던 참인데."

서강이 손을 쭉 뻗는다. 순식간에 초율의 어깨에 닿은 손이 알 수 없는 덩굴이 되어 온몸을 칭칭 감아 버린다. 초율은 꼼짝도 할 수 없다.

"그래도 마지막으로 할 말이 있으면 해 봐. 우린 같은 동포잖아?"

초율은 눈을 감으면서 작아지는 상상을 한다. 자기 주먹보다 더 작은 생명체, 개구리나 쥐 같은 특정 생명을 떠올린 건 아니다. 그냥 작아지고 싶다.

미리 생각한 게 아니다. 그냥 저절로 떠오른다. 어느새 초율은 동화 속에 나오는 엄지 소년만큼이나 작아져 있었다.

놀란 서강의 입이 딱 벌어진다. 초율은 천천히 덩굴 사이에서 빠져나왔다.

초율은 서강이 날아가서 벽에 부딪히는 상상을 한다. 순간 그가 요란한 소리를 내면서 벽에 처박혔다가 떨어졌다.

서강이 얼굴을 찡그리며 고개를 들자, 다시금 공중에 떠올랐다가 벽에 부딪히는 상상을 한다. 서강은 조금 전보다 훨씬 강하게 벽에 부딪힌다. 고통스러워하는 그가 강력하게 초음파를 쏘았다.

초율은 자기 몸이 흩어졌다가 모이는 상상을 한다. 그런 다음 초음파로 상대의 몸을 바스러트리는 상상을 한다. 초음파에 맞은 서강의 몸이 까만 흙가루로 해체되었다. 잠시 뒤 원래의 모습으로 돌아온 서강은 다급하게 수족관으로 달아났다.

초율도 수족관으로 들어갔다. 집에 있는 수족관보다 물이 더 시원하다. 서강은 철갑상어로 변해 있었다. 초율은 금붕어로 변해서 바닥으로 내려갔다. 서강은 거대한 입을 벌리고 초율을 향해 돌진했다. 초율은 그 철갑상어가 송사리로 변하는 상상을 한다. 순식간에 작은 송사리로 변한 서강이 달아났다.

끝이 보이지 않을 만큼 깊은 심연 속으로 송사리가 달아났다. 초율은 자기 지느러미에서 덩굴을 뻗어 내 그 송사리를 묶어서 끌고 오는 상상을 한다. 덩굴에 묶인 송사리가 바둥거리면서 끌려온다.

그때 거대한 철갑상어 두 마리가 다가온다. 서강이 키우는 놈들이다.

초율은 그 철갑상어도 송사리로 변하는 상상을 한다. 당연히 자기 마법이 통했을 것이라고 확신했기에, 바로 눈앞까지 다가온 철갑상어를 보고 더 당황했는지도 모른다. 아무리 마법을 걸어도 그들은 변하지 않았다.

초율은 급하게 몸을 피하면서 초음파를 쏘아 댔다. 철갑상어들은 잠시도 주춤거리지 않고 거대한 아가리를 앞세우고 공격해 온다. 초율은 그들보다 더 큰 철갑상어로 변하는 상상을 한다.

철갑상어가 된 초율이 엄청난 추진력으로 나아갔다. 놀란 철갑상어들이 거의 동시에 강한 물보라를 일으켰다. 시야가 뿌옇게 흐려진다. 아무것도 보이지 않는다. 그때 철갑상어 한 마리가 옆구리를 물어뜯었다.

초율은 전기뱀장어를 떠올린다. 초율의 옆구리를 물어뜯은 철갑상어는 강한 전류가 흐르자 비명을 지르며 달아났다. 주위는 더 캄캄해진다.

또 다른 놈이 초율의 꼬리지느러미를 공격했다. 그때마다 초율은 강한 전류를 흘린다. 어느 순간부터 초율은 느려진다. 너무 많은 에너지를 쓰다 보니 힘이 빠지고 있었다.

도저히 철갑상어들을 당해 낼 수 없었다. 초율은 서둘러 수족관에서 빠져나왔다. 철갑상어에게 물린 옆구리와 왼쪽 발에 파란 멍울이 들어 있었다.

천장에 매달린 박쥐 인간

담임 선생님이 선율을 불러냈다. 선생님은 상담실 문을 닫자마자 서강이랑 싸웠냐고 물었다. 그러고는 선율이 대답할 새도 없이 지금 그가 병원에 있다고 덧붙였다.

선율은 그 말을 이해할 수 없었다. 잘못 들었나? 아니, 왜 병원에 있어요? 그렇게 묻고 싶었다. 선생님의 한숨 소리가 유독 크게 들린다.

"서강이가 학폭 위원회를 신청했어. 일이 커졌다. 빨리 어머니한테 연락드리고, 너도 준비해라. 위원회 구성은 이제 교육청으로 넘어가서 학교에서는 별로 할 일이 없다는 거 다 알지?"

학폭이라고? 지금 꿈꾸는 건가? 선율은 선생님에게도 그렇게 표현했다.

"그걸 뭐라고 표현해야 할지 모르겠어요. 서강이랑 싸운 것도 아니고, 다툰 것도 아니고, 그냥 전 일방적으로 맞았어요. 학교 운동장에서요. 운동장에서 축구하던 2학년 선배들도 다 봤다고요. 전 한 대도 안 때렸어요. 근데 걔가 입원했다니, 말도 안 돼요!"

선생님은 가만히 선율을 보더니, 맞은 데가 어디냐고 물었다.

선율은 목과 허벅지, 어깨 쪽을 손으로 가리켰다.

"어디 보자."

선율은 잠깐 망설이다가 슬쩍 바지를 내렸다. 선생님이 고개를 갸우뚱했다.

"뭐야, 멀쩡하잖아. 많이 맞았다면 멍 자국이 남았을 텐데."

당황스럽다. 분명 어젯밤에 화장실에서 볼 때만 해도 허벅지와 왼쪽 어깨 쪽이 멍투성이였다는 말을 하려다가 참았다. 그 많은 멍울이 어디로 사라졌을까. 선율은 뭐라 할 말이 없다.

선생님의 한숨 소리는 더 깊어졌다.

"아니, 우리 학교에서 가장 작은 아이와 가장 큰 아이가 싸웠다는데…… 넌 멍 자국 하나 없니? 상대는 학교에 올 수 없을 정도로 다쳐서 입원했다는데."

선율은 억울하다고 항변했다. 선생님은 그 말을 굳이 반박하지 않는다.

교실에 돌아오자 반 친구들의 눈빛이 일제히 선율에게 쏟아진다. 그가 해명도 하기 전에 이미 엉뚱한 소문이 퍼진 상태였다.

서강은 머리를 심하게 다쳤다고 했다. 체구가 작은 선율이 서강을 제압하려면 뭔가 상상도 할 수 없는 반칙을 썼을 거라고 중얼거리는 소리가 들린다. 돌멩이로 내리쳤을지도 모른다고.

1교시가 끝나자 교감 선생님이 선율을 불러냈다. 교감 선생님은 선율을 가해자로 확신하고 있었다. 선율이 그 어떤 말을 해도 믿지 않았다.

끝이 보이지 않는 수렁에 빠져 버린 기분이었다.

이번엔 담임 선생님에게 연락을 받은 초율이 과학실로 선율을 불러냈다. 초율은 이런 상황이 믿어지지 않는다는 눈빛으로 쏘아본다.

"네가 누구랑 싸우다니, 살다 보니 이런 일도 있네."

"싸운 거 아냐. 쪽팔리지만 그냥 일방적으로 맞았어. 근데 그 새끼가 입원해 있다니, 환장하고 미칠 노릇이야. 난 한 대도 안 때렸다고. 내 몸이 이상해. 분명 어제는 멍투성이였는데, 지금은 그게 다 없어졌어. 이제 대체 무슨 일인지 모르겠어."

초율은 책상에다 턱을 괸 채 가만히 바라본다. 뭐라 추궁하지도 않는다. 역시 남매라서 그런가. 믿어 주는 초율이 너무 고맙다.

"난 애초부터 뭔가 잘못됐다고 생각했어. 네가 어떻게 누굴 패냐? 근데 아무도 그걸 믿어 주지 않는다는 거지? 암튼 골치 아프게 됐다."

"다행히 그때 운동장에서 축구하던 선배들이 있어. 선배들을 찾아서 증언해 달라고 하려고. 그중 몇몇은 얼굴 보면 알아."

초율은 별다른 반응을 보이지 않는다.

선율은 2학년 교실을 돌아다니다가 어제 축구하던 선배들을 찾아냈다. 그들을 보자 구세주라는 말의 의미가 절로 떠오른다.

선율은 이 황당한 일을 주절주절 설명하고는 간절히 도움을 요청했다. 그때 그들이 보인 반응이 하도 뜻밖이라서 선율은 다리가 풀렸다. 놀랍게도 그들은 모른다고 고개를 흔들어 버렸다. 절망보다 더 깊은 허탈감이 온몸을 짓눌렀다.

*

담임 선생님과 교감 선생님을 연달아 만나고 나온 정우 씨는 선율을 따라 학교 앞 카페로 갔다. 초율이 자리를 잡아 놓고 기다리고 있었다. 선율은 자리에 앉자마자 하소연했다.

"엄마, 서강이가 나한테 왜 이러는지 모르겠어. 서강인 나한테 참 잘해 줬고, 나도 그 애랑 부딪힐 일이 없잖아? 그래서 모르겠다고 하는 거야. 어제도 갑자기 나를 발로 차기 시작했거든. 난 진짜 한 대도 안 때렸어. 그냥 맞기만 했어. 내가 걔를 어떻게 이겨? 걘 격투기 운동 한다고."

"엄마는 널 믿어. 근데 현실은 네가 가해자로 빼도 박도 못하게 됐네. 네 몸에는 흉터는커녕 멍울 하나 남아 있지 않잖아? 아까 서강이 엄마 최 교수랑 통화했어. 자기도 교육자니까 이 일을 더 키우고 싶지 않대. 아이들이 살다 보면 싸울 수도 있는 거 아니냐고 하면서. 근데 아들이 진심 어린 사과를 받고 싶다는데, 그게 좀 황당해. 가족 모두가 와 있는 상태에서 사과하래. 한 사람은 엄마고, 한 사람은 같은 학년이니까, 같은 자리에서 사과하면 앞으로 재발할 가능성도 없고 더 믿음이 가지 않냐고. 재발하면 같이 책임을 지겠다고 다짐하는 거나 마찬가지니까, 그만큼 더 신뢰가 갈 수밖에 없다면서 반드시 가족이 다 참여한 가운데 네가 사과를 해야 받아들인다는 거야."

"아니, 잘못한 것도 없는데, 엄마랑 초율이 보는 앞에서 왜 사과를 해? 결국 가족에게 수치심을 느끼게 하려고 하는 거잖아. 이건 말이 안 돼!"

선율이 고개를 흔들어 댄다. 정우 씨도 뭐라고 덧붙이지 않는다.

주문을 마치고 돌아온 초율은 그저 한숨만 토해 낸다.

"만약 학폭 위원회가 열리면 어떻게 되니?"

정우 씨가 둘을 번갈아 본다. 대답은 초율이 입에서 나왔다.

"엄마, 지금 학폭 위원회는 학생들을 위한 게 아니에요. 그건 돈 있고 권력 있는 어른들 싸움이에요. 누가 잘못했냐, 이런 건 아무 의미가 없어요. 무조건 돈이 더 많고, 힘센 사람이 이기는 게임이라고요! 그쪽은 유명한 변호사들이 붙을 텐데, 그럼 절대 못 이겨요. 그게 학폭 위원회의 현실이에요."

"우리가 변호사를 선임해도 이길 수 없다는 뜻이니?"

"그쪽이 우리보다 훨씬 부자잖아요? 변호사도 급이 있잖아요? 그러니까 못 이긴다고요! 돈만 다 털리고, 몸도 마음도 다 망가질 거예요. 우리 영혼을 탈탈 털어 버릴 거예요."

"그럼 어떻게 했으면 좋겠니?"

그때 창밖을 멍하니 보고 있던 선율이 불쑥 입을 열었다.

"내가 알아서 할게. 내 선에서 사과하고 끝낼 거야."

"그 아이가 가족이랑 다 함께 와서 사과하라고 했다는데, 너만 사과한다고 되겠어?"

정우 씨의 목소리에 높낮이가 없었다. 그건 정우 씨가 가장 냉정해졌을 때 나오는 목소리였다.

고개를 떨군 선율의 목소리는 이상하게도 울림이 더 컸다.

"뭐가 잘못됐는지, 그놈이 왜 그런지 몰라도, 이건 이길 수 없는 싸움이야. 초율이 말이 맞아. 우린 선택할 수 있는 게 없어. 맞붙어 싸워도 결국 식구들이 다 망가져. 그럴 바엔 아예 애초부터 백기를 들어야지. 그까짓 자존심이 살게 해 주는 거 아니잖아?"

"그래? 그럼 일단 그렇게 해 봐."

정우 씨의 휴대폰이 울린다. 정우 씨는 카페 밖으로 나갔다가 한참 만에 들어왔다. 소영 씨의 사촌 오빠가 제법 큰 법무 법인에 다닌다고 하면서 도와준다고 했으니까 안심하라고 웃었다.

"일단 서강이 병문안부터 가 보자. 그게 우선인 것 같아."

식구들은 패잔병처럼 움직인다.

*

병실에 윤하가 있었다. 정우 씨가 반가워하면서 알은체했다.

윤하는 동네 어른을 대하는 그 특유의 표정으로 대꾸하면서도 선율과 초율에게는 눈빛 한 번 주지 않았다. 윤하가 나가자, 최 교수가 들어왔다. 예전에 봤을 때보다 더 작고, 더 단단해 보였다.

"생각 잘하셨어요. 진솔하게 사과하시면 돼요."

최 교수는 병실은 불편하니까, 다른 장소로 가자고 했다. 아는 장소가 있다고 하면서.

정우 씨는 오늘은 그냥 병문안을 온 것이라고 둘러대고 잘 치료를 받으라며 서강에게 말했다. 서강은 대꾸하지 않았다. 이마에 붕대를 감고 있고, 왼쪽 다리를 절고 있었다.

최 교수와 정우 씨가 휴게실로 가고, 선율은 화장실로 사라졌다. 초율은 복도에 있다가 슬그머니 병실로 들어간다. 서강이 약간 놀라는 눈빛이었다. 초율은 그 눈을 쏘아본다.

"너 가지가지 한다. 비겁한 놈, 나한테 당한 걸 선율이에게 화풀이하다니!"

"맞아. 너 때문이야. 어제 너한테 당한 치욕스러운 일을 생각하면 정선율을 죽여도 분이 풀리지 않겠지만. 이건 일단 시작일 뿐이야. 감히 나를 건드려? 넌 앞으로 처절하게 후회하게 될 거야."

"그래서? 우리가 사과하지 않으면 어떻게 할 건데?"

"후후후. 일단 찌질한 정선율 아웃, 학교에서 아웃! 그러면서 이번 학폭 위원회로 너희 식구들 영혼을 탈탈탈 털어 낸 다음, 너희 엄마 아웃! 그리고 마지막으로 너도 아웃! 그게 내 목표야. 거듭 말하지만, 너랑 너희 엄마가 보는 앞에서 정선율이 무릎을 꿇고 사과하면 당장 이번 사건 취소할게. 너희가 사과하는 장면을 동영상으로 찍어서 학교 애들한테 뿌릴 거야. 그러니까 내 목표는 정선율이 아니라 너라는 사실. 알겠지?"

"비겁한 놈!"

"이것도 전술이야. 싸움에는 비겁한 것도 중요한 전술이라고! 가 봐. 엄마 오시니까."

서강의 말이 끝나자 최 교수가 들어왔다. 초율은 병실에서 나오다가 복도의 벽에 서 있는 선율과 마주쳤다. 그의 눈에서 비장함이 읽힌다.

그날 집에 와서야 초율은 그가 병실에서 무릎을 꿇었다는 사실을 알고는 탄식했다. 서강이 그걸 찍어서 초율의 카톡으로 보낸 것이다. 가족이 보는 앞에서 그렇게 해야 용서해 줄 것이라고 한껏 조롱하면서.

초율은 파란별에게 지금 가족에게 닥친 상황을 들려주었다.

파란별은 일이 꼬여 버렸다고 한숨을 뱉어 낸다.

"나랑 사전에 의논을 했어야 해. 적어도 서강이 집에 가는 것에 대해서는. 나는 네가 서강이와 한판 붙었을 줄은 상상도 못 했어."

"아, 미안. 걔를 두려워하지 않아도 된다는 네 말을 듣고, 너무 성급하게 행동한 것 같아. 사실 그놈을 별로 혼내 주지도 못했어. 그놈이 수족관으로 도망치는 바람에. 그 수족관은 바다 같은 곳이었어. 그놈은 철갑상어로 변해서 달아났고, 그곳에서 키우던 철갑상어들이 나를 공격했어. 근데 그놈이 키우는 철갑상어에게는 내 마법이 통하지 않았어. 하마터면 그놈들 밥이 될 뻔했다니까?"

"당연하지. 그 수족관에 사는 철갑상어는 지구의 생명이잖아? 우리의 마법은 미러클 스타에서 온 것들에게만 통해. 그렇지 않다면 엄청난 혼란이 일어나니까."

초율은 고개를 끄덕이다가 궁금한 게 있다고 약간 정색했다.

"걔가 미러클 스타의 온 생명이 지구에서 시간의 힘을 천 년 동안 채우면 영원한 생명을 얻을 수 있다고 하던데, 사실이야?"

"맞아. 우리 미러클 스타에서 온 생명이 천 년을 버티면, 몸에서 신비로운 힘이 생겨나. 상상도 할 수 없을 만큼 강해지고, 지구 생명조차 마음대로 바꿀 수 있는 신이 될 거야. 그놈은 그걸 꿈꾸고 있지. 그래서 우리 동족을 발견하기만 하면 집요하게 접근해서 상대의 시간을 다 빼앗아 버리는 거야. 그렇게 수많은 동족을 살해한 거고. 혼자서는 천 년이라는 시간을 벌 수 없으니까, 수많은 목숨을 빼앗아서 천 년이라는 시간을 채우고 있는 것이지. 그렇게 천 살을 모으고 절대적인 생명이 되면, 몸이 지금보다 수십만 배 커질 수도 있어. 그럼 어떤 일이 벌어지겠니? 엄청난 비극이 일어나겠지. 그 괴물이 지구를 멸망시키겠지. 그래서 우리의 몸에다 천 년을 살 수 없도록 조치를 취한 거야."

파란별은 지금 미러클 스타에서 이 논쟁이 치열하게 벌어지고 있다고 덧붙였다. 지구로 파견하는 동족의 수명을 백 년 정도로 줄이자는 의견이 많아지고 있다고 하면서.

지구에서 사는 시간이 길다 보니까, 당연히 더 오래 살고 싶은 욕망이 범죄로 이어진다는 것이다. 그러다 보니 백 년도 길고 그보다 더 짧게 시간을 줄여야 한다는 의견도 나올 수밖에 없다고.

초율은 한참 있다가 반응했다.

"내가 서강이 집에 간 것은, 그놈에게 사과를 받기 위해서였어. 어쩌면 그놈이 사과하지 않으리라는 것을 이미 알고 있었는지도 몰라. 그놈이 정말 날 죽이려고 했는지 확인하고 싶었던 거지. 어쨌든 그놈은 어제 나한테 당한 걸 동생에게 화풀이했고, 우리 가족까지 엮어서 협박하고 있어. 단순한 사과가 아니라 자기 앞에서 무릎을 꿇으라고."

"곤란하게 됐군. 그놈이 네 정체를 알았으니까, 가만있지 않을 것이고. 그놈 말처럼 이제 시작일 뿐이야. 그놈이 집요하게 보복할 거야. 너희 가족 모두 조심해야 해. 나랑 같이 활동하던 비밀경찰들은 나이가 들어 다 미러클 스타로 돌아간 상태고, 지금 지구에는 그를 체포할 만한 경찰이 없어. 벌써 미러클 스타에서 비밀경찰이 왔어야 하는데 아직 오지 않았고. 나 혼자는 그놈을 상대하는 건 불가능해. 난 너무 늦었거든."

파란별은 그를 자극하지 말라는 말을 몇 번이나 되풀이했다. 지금은 비밀경찰이 올 때까지 시간을 벌어야 할 때라고. 자칫 그놈이 상상도 할 수 없는 짓을 저지르고 어디론가 달아나 버리면 곤란해진다고 하면서.

*

선율은 서강 앞에서 무릎을 꿇었다.

서강은 그 과정을 동영상으로 촬영한 뒤에, 이것은 연습이니까 가족이 와서 배경으로 서 있는 가운데에서 그대로 하면 용서해 주겠다고 비열하게 웃었다.

"왜? 싫어? 그럼 하지 말든가. 안 하면 되잖아? 난 강요 안 해."

"서강아, 대체 왜 이러는데? 왜 나한테, 우리 가족에게 이렇게까지 하는 건데? 내가 네 발바닥 핥으라고 하면 그렇게 할게. 제발 여기서 끝내 줘."

서강이 자기의 노예가 되라고 하면, 그렇게 할 작정이었다. 선율은 모든 자존심을 다 내려놓은 상태였다. 어떻게 해서든 자기 손으로 이 문제를 정리하고 싶었다. 서강은 한 번만 봐 달라는 선율의 손을 뿌리쳤다.

병원을 나오자 휴대폰이 울렸다. 화면에 정초율이라는 이름이 떠 있었다. 예상대로 잔뜩 화가 난 목소리였다.

"이 바보 같은 놈아! 너 뭐 하는 거야? 그놈이 나한테 동영상을 보냈다고! 아니, 잘못한 것도 없는데 왜 무릎을 꿇어? 그런다고 그놈이 물러설 것 같아!?"

선율은 다급하게 주위를 두리번거렸다. 가로수를 보자 그 가지에 거꾸로 매달리고 싶은 충동을 느꼈다. 선율은 몸을 격렬하게 흔들면서 소리쳤다.

"그럼 어떡해? 그까짓 자존심이 밥 먹여 주는 건 아니잖아? 암튼 이건 내가 해결할 거야!"

"어떻게, 네가 어떻게 해결해?"

"어떻게든 해야지. 너랑 엄마까지 끌어들이지 않을 테니까, 걱정 마. 내가 책임져. 내가 책임진다고!"

선율은 거기까지 쏘아 대고는 전화를 끊었다. 또 휴대폰이 울린다. 정우 씨다. 받지 않는다.

선율은 클라이밍 체육관으로 갔다. 강사인 박 선생님이 선율을 보더니, 인사 좀 제대로 하라고 잔소리했다.

선율은 대꾸하지 않았다. 몸을 풀지도 않고 곧장 인공 암벽을 오른다. 밑에서 박 선생님이 어서 내려오라고 소리친다. 선율은 아래쪽을 쳐다보지 않는다. 키가 작고 팔이 짧은 선율이 암벽을 오르기란 다른 사람들보다 훨씬 더 힘든 일이다.

한 단계, 한 단계 오를 때마다 선율은 청개구리처럼 점프를 했다. 선율은 그 과정이 전혀 두렵지 않았다. 심지어 평평한 암벽에다 손바닥을 붙여도 미끄러지지 않았다. 신기한 일이다. 진짜 손바닥에 빨판이라도 있는 건가. 순간적으로 그런 생각도 꿈틀거린다. 밑에서 박 선생님이 계속 소리친다.

"야야, 너무 무리하지 마!"

"저 자식, 저거 꼭 청개구리처럼 붙어 있네!"

"거기는 무리야! 그렇게 막 올라가다가 떨어져!"

하도 시끄럽게 하자, 슬그머니 아래를 보면서 한마디 내뱉는다.

"안전장치 있잖아요!"

선율은 그 말을 하고 일부러 바위에서 손을 떼고 눈을 감는다. 달과 지구를, 아니, 우주를 지배하는 절대적인 힘, 중력이 몸을 아래로 끌어당긴다. 머리부터 떨어진다. 이대로 세상 끝까지 추락해도 괜찮다.

안전 끈이 중력을 거부하고 대롱대롱 매달린 선율을 흔들리게 했다. 이상하게도 너무 편하다. 눈을 뜬다. 거꾸로 있는 박 선생님이 노발대발한다. 그걸 보니까 재밌다. 웃음이 나온다.

잠시 후, 선율이 바닥으로 내려오자 박 선생님이 화난 눈빛으로 쏘아본다.

"야, 너 왜 네 맘대로 하냐? 이런 식으로 하려면 여기 오지 마. 그러다가 사고라도 나면…… 이 미친놈아, 넌 왕초보야! 근데 겁대가리 없이 저길 올라가고."

박 선생님은 한동안 욕설이 섞인 말을 퍼부었다. 선율이 죄송하다고 하자, 그제야 화를 가라앉히면서 억지로 웃으려고 했다.

"신기하네. 신체 조건은 클라이밍 하기에 좋은 건 아닌데, 뭐랄까, 천부적으로 타고났다고나 할까. 암벽에 오르는 널 보면, 사람 같지 않아. 원숭이나 청개구리 같아. 기본기고 뭐고 다 무시하고 그냥 오르는 거야. 근데 신기하게도 다 올라가. 야, 너 정식으로 클라이밍 해 보지 않을래? 내 말은 대회에 한번 나가 보지 않겠냐는 말이야."

"대회요? 그럼 저한테 이쪽으로 준비해 보라는 말인가요?"

"그래. 내가 보기에, 네겐 탁월한 재능이 있어. 기본기를 갖추면 무섭게 실력이 늘 것 같단 말야."

묘하게도 기분이 좋아진다. 가족이 아닌 누군가에게 들어 보는 최초의 칭찬이 아닐까. 선율은 박 선생님에게 농담하지 말라고 했다.

"쌤, 저 요새 기분이 별로거든요. 그니까 농담하지 마세요. 대신 올라갈 때 더 조심할 테니까, 너무 걱정 마시고요."

박 선생님이 캔 음료수까지 주면서 어깨를 토닥여 주었다.

"나도 너한테 이런 말을 한다는 게 믿어지지 않는다. 근데 사실이야. 모든 일에는 어떤 과정, 즉 논리적인 절차가 있는 법인데, 넌 그런 게 필요 없는 것 같아. 적어도 암벽을 오를 때는 말야. 너만의 동력으로, 너만의 과정으로, 그냥 오르는 거야. 근데 그게 상상을 초월해. 이걸 뭐라고 해야 하지? 뭐라 설명할 길이 없어. 그래서 타고났다고 하는 거야. 진짜야! 나랑 같이 해 보자!"

선율은 고맙다고 말한 다음 고민해 보겠다는 말까지 덧붙였다. 그러나 서강의 얼굴이 떠오르는 순간 모든 의욕이 사그라든다.

*

집에서 정우 씨와 초율 그리고 소영 씨까지 모여 치킨을 먹고 있었다. 거실로 들어선 선율은 소영 씨를 보고 어색하게 인사했다. 소영 씨가 반갑게 손짓했다.

"선율아, 어서 와. 네 건 따로 챙겨 놨어."

비어 있는 식탁 의자에 선율이 앉았다. 소영 씨가 닭 다리를 건네준다.

"선율아, 너무 걱정하지 말고 편하게 먹어. 이모가 변호사가 구해 놨으니까, 내일부터 그분이 다 알아서 할 거야. 그러니까 넌 신경 쓰지 마. 그 싸가지가 엄마랑 누나가 보는 앞에서 사과하라고 했다면서?"

뭐라 할 말이 없다. 선율은 평소보다 더 급하게 닭 다리를 뜯어 먹었다. 배가 고파서라기보다 그렇게 뭔가를 먹어 대야만 이 자리에서 버틸 수 있었다.

"어떻게 그런 요구를 해? 네가 때린 것도 아니라면서? 자작극이라며? 그 싸가지가 대체 왜 이러는 거야? 사이코패스도 아니고 그게 뭐야? 하긴 요즘 청소년들을 어떻게 이해하겠어. 아무런 논리도 이유도 없이 친구를 때리고, 왕따시키잖아?"

소영 씨는 가족을 대신하여 분노하는 역할을 하고 있었다.

"가끔 청소년들 폭력에 대한 다큐를 보면 소름이 끼쳐. 진짜 아무런 이유도 없이, 약하다는 죄로 친구를 불러다가 끔찍하고 잔인하게 폭행하고 죽이잖아? 죄책감도 없어. 심지어 죽이고 나서, 난 촉법소년이니까 큰 벌 받지 않을 거라고 자기들끼리 문자를 주고받기도 하더라고. 요즘 청소년이 그래. 그러니 어떻게 이해하겠어?"

그 말이 맞을지도 모른다. 아니다. 소영 씨도 어른들 특유의 선입견으로 청소년들을 보고 있을지도 모른다. 아니, 모르겠다. 지금 청소년기를 보내고 있는 선율에게, 청소년이란 어떤 존재냐고 물어 온다면 그냥 모른다고 하리라. 그건 수학 문제보다 더 어려운 문제다. 어쩌면 영원히 풀리지 않는 문제일 수도 있다.

선율은 자신에게 할당된 치킨을 우적우적 씹어서 뱃속으로 밀어 넣었다. 정우 씨는 비장한 눈빛을 허공 어딘가로 보내고 있었다. 그래선지 그녀의 목소리는 허공 어느 곳에서 흘러오는 것 같았다.

"그 집이 아무리 돈이 많고 사회적인 권력을 갖고 있다고 해도 두렵지 않아. 난 지금까지 살아온 모든 걸 걸고 싸울 거야. 이제 어쩔 수 없어. 이 싸움은 오래 갈 거야. 그러니까 지치지 말아야 해. 너흰 이 일 신경 쓰지 말고, 평소 하던 대로 해야 해. 아까 최 교수가 최후통첩을 해 왔어. 엄마가 그걸 거절했어. 설마 죽기야 하겠니? 아마 내일 경찰에서도 연락 올 거야. 지금부터는 모든 걸 변호사랑 상의하고, 변호사가 말하는 대로만 하면 돼. 학교에서 조사받을 때도, 교육청에서 나온 사람이랑 조사받을 때도, 다 변호사랑 상의하고, 시키는 대로만 해. 선율이 네 독단적으로 행동하지 마."

주로 어른들이 말하고, 초율은 한마디 언급도 하지 않았다.

선율은 치킨을 다 먹고 나서야 자리에서 일어났다.

방에 오자 초율이 보낸 카톡 알림이 울렸다. 정우 씨의 말이 맞는 것 같으니까, 그렇게 하라는 내용의 메시지였다. 선율은 고개를 흔들면서 답장했다.

[아니, 난 내 방식대로 할 거야. 지금 당장은 뭐라 말할 수 없지만, 난 이대로 당하고 살 수 없어. 어떤 식으로든 그놈에게 대응할 거야.]

초율의 답장은 오 분 뒤에 왔으니까, 나름 고심했음을 알 수 있었다.

[선율아, 그러지 마. 일단 엄마 뜻대로 그렇게 해. 그러면서 방법을 찾

아보자. 나도 여러 가지 방법을 고민 중이야. 그니까 일단 그놈을 섣부르게 자극하지 말자고.]

다시 고개를 흔들어 댄다. 당장 답장을 할지 고민하다가 눈을 감는다. 쉽게 잠이 올 리가 없다. 선율은 온갖 상상을 떠올린다. 초인적인 능력을 갖고 있다면 얼마나 좋을까.

만약 마법을 갖고 있다면 그놈을 달팽이로 만들어 버릴 테다. 그런 다음, 그놈의 부모님이 보는 앞에서 당장 무릎을 꿇고 사과하라고 할 테다. 그러지 않으면 그를 거머리로 만들어서 하수구에다 던져 버리겠다고 으름장을 놓으리라.

선율은 그렇게 황당한 상상까지 하다가 잠이 들었다. 알 수 없는 꿈의 시간이다. 하늘을 날다가 추락하기도 하고, 물에 빠져 허우적거렸다. 도무지 맥락을 파악할 수 없는 이상한 꿈이었다.

그러다가 눈을 떴다. 침대가 거꾸로 보였다. 맙소사! 말도 안 돼! 선율은 박쥐처럼 작아진 채로 천장에 매달려 있었다.

헉, 이게 뭐지? 내가 박쥐 인간인가? 선율은 아래로 내려가는 상상을 한다. 그와 동시에 몸이 침대로 내려왔다.

어느새 몸이 정상으로 돌아와 있었다. 꿈인가? 하, 미치겠네! 요즘 왜 이렇지. 선율은 고개를 마구 흔들면서 일어났다. 다시 박쥐가 되어 천장에 매달리는 상상을 한다. 그와 동시에 선율은 천장에 매달렸다.

학폭 재판은 용병들의 전투

　선율 측에서도 학폭으로 맞고소했다. 소영 씨의 사촌 오빠인 강 변호사가 가장 먼저 취한 조치다. 그것이 학폭 사건을 맡은 변호사의 첫 번째 대응 매뉴얼이라고 했다. 더구나 선율이 아무런 잘못이 없다고 하자, 강 변호사는 더 단호하게 맞고소의 타당성을 강조했으니까.
　서강은 예상보다 빠르게 학교로 돌아왔다. 딱 열흘 만이다. 그를 보는 순간부터 선율은 더욱 숨이 막힌다. 이미 친구들 여론은 서강 쪽으로 기운 상태였다. 아무도 선율을 편들지 않는다. 결국 선율은 서강이 나타난 첫날 오전 시간을 버티지 못하고 조퇴했다. 열이 나고 심장이 크게 두근거렸다. 어지럽다. 보건실에서 준 약을 먹어도 불안이 진정되지 않았다.
　학교에서 나오자 휴대폰이 울렸다. 초율이다. 초율은 심각하게 선율을 걱정했다.

"벌써부터 이러면 너 어떻게 버틸래? 적어도 1학년 끝날 때까지는 같이 얼굴 보고 살아야 하는데."

선율은 고개를 흔들어 댔다. 자신 없다. 그만큼 힘들다. 이런 생활을 1학년 종업식까지 해야 하다니! 그러다가는 피가 흐르는 온몸의 강줄기가 다 말라 버릴지도 모른다.

선율은 집에 오자마자 작아지면서 천장에 매달렸다. 스르르 졸음이 온다. 한숨 자고 나자 그제야 머리가 맑아진다. 뭐가 어떻게 된 건지는 몰라도 박쥐 인간이 된 것이 고맙다. 만약 박쥐 인간이 되지 않았더라면 벌써 쓰러졌을 테다.

선율은 영화 속 배트맨을 떠올린다. 박쥐는 태양의 시간에서 이탈하여 어둠의 시간을 즐긴다. 박쥐는 인간이 두려워하는 어둠의 세상을 자유롭게 헤엄칠 수 있다. 배트맨은 그런 마법으로 무장한 정의의 인간이다. 선율은 배트맨 영화를 다시 봐야겠다고 중얼거리면서 침대로 내려왔다.

밖에서 선율을 부르는 정우 씨의 목소리가 들렸다. 정우 씨는 학폭 위원회가 진행되면서 일찍 집에 들어왔다. 아침에도 일찍 나가지 않았다. 그래도 괜찮다고 말했다. 선율은 그 말을 믿지 않았다.

지금은 소영 씨가 혼자 가게 일을 감당하고 있었다. 그녀도 사람이다. 금방 지칠 것이다. 정우 씨는 곧 일상을 회복할 거라고 애써 긍정적인 신호를 보냈다. 선율은 그 신호에 동의할 수 없었다.

어쩌면 앞으로 몇 년간 이 터널이 지속될지도 모른다. 이 사건의 결과가 어떻게 결정 날지 그건 모른다. 누가 이기든 반드시 다음 과정을 밟아갈 것이다.

형사 재판과 민사 재판도 같이 진행될 것이다. 항소가 연달아 이어질 것이다. 그걸 알면서도 이 싸움에서 도망칠 수가 없었다. 그게 더 선율을 힘들게 했다.

그건 정우 씨도 마찬가지다. 이 싸움의 결말이 희망적이지 않다는 것을 알고 있었다. 그래도 물러날 수 없었다. 애초부터 이 싸움은 외통수였으니까. 이런 법이 학생을 짓누르고 있다니, 어찌 보면 학교란 희망이 없는 세상이라고나 할까. 어른들의 사회적인 권력이 완벽하게 학교를 지배하고 있는 이상, 학교를 보면서 희망을 말한다는 것은 거짓이다. 그걸 알면서도 식구들은 억지로 희망을 말해야만 했다. 그래야만 하루하루를 버텨 낼 수 있을 테니까.

"선율아, 몸은 좀 어때?"

"괜찮아요. 집에 와서 쉬니까 좋아졌어요."

"그래, 몸은 스스로 챙겨야 한다. 가해자랑 같이 한 교실에서 지내야 한다는 게 너무 끔찍하다는 거 알아. 엄마가 생각하기에도, 그게 더 힘들 것 같아."

정우 씨의 입에서 나온 한숨의 무게가 그대로 선율의 가슴에

얹혔다. 순간 휘청한다. 그만큼 무겁다. 서강이 있는 교실에 앉아 있는 그 자체만으로도 고문을 당하는 것 같았다.

"엄마, 서강이랑 분리 조치를 요구하면 안 될까? 아니면 내가 분리당하든가, 둘 중 하나가 그렇게 되었으면 좋겠어."

"알았어. 내가 변호사하고 의논해 볼게. 오늘 변호사가 현장 조사를 했는데, 서강이 몸에 난 상처를 이해할 수 없대. 머리도 뭔가에 강하게 부딪혀서 멍울이 생기고 뇌에 충격이 가해졌다고 하는데, 거긴 인조 잔디가 깔려 있고 돌멩이 하나 없다는 거야. 변호사가 서강이 병원 진단서를 면밀하게 전문가랑 검토하고 있는데, 이상한 점이 많대. 한 사람한테서 그 정도 상처가 나려면 짧은 시간 안에는 불가능하다는데 그때 너랑 서강이가 다툰 시간은 오 분도 되지 않았다면서? 그렇게 짧은 시간에는 여럿이 집단 구타를 했다고 하더라도 불가능하대."

뚝딱뚝딱, 정우 씨가 밥을 차렸다. 선율은 억지로 밥 한 공기를 비웠다. 그게 탈이 났다. 방에 들어간 지 얼마 되지 않아서 뱃속이 부글거리고 야단이다. 설사가 쏟아졌다. 선율은 처음으로 자기 몸을 자기 마음대로 할 수 없다는 사실을 깨달았다. 몸을 움직이게 하기 위해서는 음식이 필요하다지만, 억지로 삼킨 음식은 반드시 탈이 난다.

다음 날은 몸이 더 무겁다. 어쩌면 일어나려는 의지가 약했을 수도 있다. 학교에 가서 서강이랑 마주치는 상상을 하자 벌써 가

숨이 답답해진다.

결국 선율은 학교가 아니라 병원으로 갔다. 강 변호사는 전화로 며칠간 입원하라고 권했다. 선율은 그렇게 말해 주는 강 변호사가 너무 고맙다. 어떻게 해서든 학교로부터 멀리멀리 달아나고 싶었으니까.

병원에서 잠이 들었다가 눈을 뜬다. 간이침대는 정우 씨의 차지였다. 그곳에 모로 누운 정우 씨가 억지로 잠을 청하고 있었다. 정우 씨의 얼굴이 눈에 들어온다. 모로 누워서 그런가. 나이에 비해서 동안이라고 생각해 온 정우 씨 얼굴이 오늘따라 늙어 보였다.

괜히 미안하다. 이제야 겨우 생계가 안정되고, 그동안 잃어버렸던 꿈을 찾아 마을 연극을 계획하면서 제2의 꽃밭을 준비하던 정우 씨의 삶이 다시 추락하는 중이다. 선율은 이건 아니라고 입술을 깨물었다.

갑자기 천장에 매달리고 싶은 충동으로 몸이 떨린다. 선율은 박쥐 인간이다. 왜 그런 변화가 일어났는지 모른다. 어쨌거나 나쁜 일은 아니다. 만약 진짜 박쥐 인간이라면 이렇게 도망치려고만 해서는 안 된다.

사실 달아날 곳도 없다. 박쥐 인간 배트맨은 사회의 악을 물리치는 정의의 수호신이 아닌가. 그런 존재를 꿈꿀 수는 없어도, 비겁한 도망자가 되어서는 안 된다. 난 왜 이렇게 못났을까. 어쩌다가 이렇게 살아가게 되었을까. 선율은 한없이 비참해진다. 구질구질 눈물이 흐른다. 은연중에 천장에 매달리는 상상을 한다.

어느새 선율은 천장 구석에 매달려 있었다. 5인실인 병실 안에는 환자들 침대가 있는 곳마다 간이 커튼이 각자의 사생활을 보호해 주었다. 아무도 선율이 매달린 천장 구석을 볼 수 없다는 뜻이다. 그곳에 매달리고 나서야 눈물이 진정된다. 점차 평온해진다.

정우 씨는 몸을 일으키자마자 침대를 쳐다보았다. 아들이 보이지 않는다. 정우 씨는 혼자 중얼거리면서 밖으로 나간다. 그때 선율이 침대로 내려왔다. 은연중에 선율은 입술을 깨물고 있었다.

좋아, 정면 승부다. 이제부터는 피하지 않을 거다.

*

초율은 시립 도서관에서 급하게 나왔다. 어서 병원으로 오라는 소영 씨의 전화를 받는 순간부터 몸은 긴장 모드로 돌입했다. 정우 씨가 몰던 차가 도로 중앙 분리대를 들이받고 전복되었다고 했다. 사흘간 입원한 선율이 퇴원한 다음 날이었다.

응급실에 도착하자 소영 씨가 씁쓸하게 웃었다. 아직 정우 씨는 깨지 않은 상태였다. 차가 전복되었으니까 큰 사고였다. 그나마 2차 추돌 사고를 피한 게 행운이다. 이미 MRI까지 찍어 보았는데 뇌에는 큰 문제가 없다면서 소영 씨가 선율을 안심시킨다.

"이모, 왜 이렇게 안 좋은 일이 계속 일어나는 거죠? 저부터 시작해서 선율이 그리고 엄마까지 연달아 병원으로 실려 오네요…….”

"글쎄, 이모도 무슨 일인지 모르겠다. 암튼 이만하길 정말 다행이야.”

"우리 때문에 이모도 어수선하죠? 어서 빨리 일상으로 돌아가야 할 텐데…….”

"난 괜찮아. 너희 식구가 걱정이지. 너랑 선율이는 내가 매번 보는 게 아니니까 걱정도 덜하지만, 네 엄마는 날마다 보잖아? 그래서 마음이 너무 아프더라. 매일 일에 쫓기는데 선율이 학폭 사건까지 터졌잖아. 그러니 잠이나 제대로 자겠니? 한시도 마음이 편하지 않지. 요즘 학폭 사건에 연루되면 부모들 가슴이 다 시들어 간다고 하더라고. 그랬는데 바로 일이 터진 거야. 경찰이 그러더라. 자세한 조사를 해 봐야 알겠지만, 아마 졸음운전을 한 것 같대. 졸음운전이 아니고서는 그런 사고가 날 수 없대. 음주 운전도 아니고, 마약을 한 것도 아니고.”

소영 씨는 정우 씨가 깨어났다는 간호사의 말을 듣자마자 벌떡 일어난다.

초율의 눈시울이 순간적으로 뜨거워진다. 정우 씨의 얼굴은 심하게 부어 있었다.

"엄마, 제가 누군지 알겠어요?”

어이없게도 그 말부터 나온다. 정우 씨가 희미하게 웃는다. 어느새 초율과 소영 씨의 손이 정우 씨의 손에 잡혀 있다. 정우 씨가 소영 씨 팔을 흔든다.

"가게는 어떻게 하고 왔어?"

소영 씨는 지금 가게가 문제냐고 타박했다.

"너 병원에서 나오면, 용한 무당이라도 불러다가 푸닥거리 한 번 해야겠다. 이게 뭔 일이냐? 식구들이 돌아가면서 계속 나쁜 일이 터지네!"

정우 씨는 뭐라 대꾸하지 않는다. 그때 초율이 두 사람 말에 끼어들었다.

"엄마가 무사하니까, 이건 나쁜 일도 아니에요. 크게 다친 데도 없잖아요?"

한 마디, 한 마디 내뱉는 게 힘들다. 분명 아주 불길한 일이다. 그걸 아무렇지도 않은 일이라고 치부하려니까, 괜히 속울음이 끓어오른다.

소영 씨도 맞장구쳐 준다.

"그래그래, 이 정도 사고에 엄마가 크게 다치지 않았다는 것은 불행이 아니라 오히려 운이 좋은 거야. 그니까 앞으로는 좋은 일만 있을 거라는 뜻이지. 자, 어서 훌훌 털고 일어나자."

초율은 고개를 끄덕이며 마음속으로 정말 다행이라는 말을 몇 번이나 중얼거렸다.

그날 밤 정우 씨는 일반 병실로 옮겨졌다. 정우 씨는 잠깐 소영 씨가 자리에서 일어나자 초율에게 속삭였다.

"어쩌다 나까지 이렇게 되었을까?"

정우 씨는 사고가 납득되지 않는다고 눈을 깜박였다. 지하철역이 있는 사거리를 지나 일차선 도로로 천천히 운행했다. 농협 마트에 가는 길이었다. 원래는 새벽에 장을 보는데, 학폭 사건이 터진 뒤로는 늦은 밤으로 시간을 바꿨다.

아침에 식구들이랑 같이 밥을 먹기 위해서다. 소영 씨가 그렇게 하라고 했다. 가족들 눈빛 속에서 떠오르는 태양을 느껴야만 서로 버티는 힘이 생긴다고 하면서.

초율은 그 효과를 실감하는 중이다. 아침에 세 식구가 모여 밥을 먹다 보니, 묘하게도 초율은 어떤 경건한 힘을 느꼈다. 가족이라는 것, 세 우주가 다 무사하다는 것. 그런 실체를 하루하루 확인하는 과정이 얼마나 소중한지 새삼 깨달았다.

"엄마, 자꾸 나쁜 생각하지 마요. 사고 난 건 다 지난 일이고, 지금 무사하잖아요? 그럼 된 거예요."

"운전하면서 너희들 어렸을 때를 생각하고 있었어. 그런데 사고 난 그 순간에 아무런 기억이 안 나. 분명 졸지는 않았던 것 같은데, 왜 이런 일이 일어났는지 모르겠다니까?"

"엄마, 요즘 많이 피곤해서 그런 거예요."

정우 씨는 애써 그 말을 부정하지 않았다.

*

　소영 씨가 초율에게 집에 가라고 했다. 오늘 밤은 소영 씨가 모처럼 친구랑 같이 시간을 보내겠다고 웃었다. 아무리 초율이 강하게 고개를 흔들어도 소용없었다. 정우 씨까지 그 말에 동조하니까, 오늘은 양보할 수밖에 없었다.

　집에 도착하자 맥이 풀렸다. 집이란 모든 긴장을 해체시킨다. 초율은 서둘러 수족관으로 들어갔다. 파란별도 말을 시키지 않는다. 졸음이 온다. 한숨 자고 눈을 뜨자, 그제야 파란별이 말을 걸어온다.

　"몹시 피곤했나 보다. 코까지 골았어. 물속에서도 느낄 수 있거든. 평소보다 많이 잤어."

　"하하, 물속에서도 코를 곤다는 게 신기하네. 이제 좀 괜찮아진 것 같아."

　"무슨 일 있니?"

　"엄마가 다쳤어. 엄마가 모는 차가 중앙 분리대를 들이받고 전복되었어. 내일 여러 가지 검사를 한다니까 두고 봐야 하지만, 뇌에 이상이 없다고 하고 괜찮을 것 같아."

　"아이고, 하마터면 큰일 날 뻔했구나!"

　파란별의 한숨 소리가 크게 느껴진다. 그러다가 서강의 얼굴이 떠오르자 괜히 심각해진다. 설마? 아니야, 아닐 거야! 초율은 애써 고개를 흔든다. 파란별도 말이 없다. 초율의 주위를 뱅글뱅글 돌 뿐이다. 어느 순간 파란별은 아주 심각한 눈빛으로 쏘아본다.

"알지, 너도? 이것도 서강이 짓이라는 거?"

멍해진다. 초율은 그게 아니라고 부정하고 싶어도 몸이 따르지 않는다.

"내가 걱정했던 게 바로 이거야. 그가 가만있지 않는다고 했잖아? 너희 엄마도 위험하다고 했잖아? 아, 어서 비밀경찰이 와야 할 텐데."

초율은 새삼 엄중한 현실을 깨닫는다. 가족의 생명이 위태로운 상황이다. 그렇다고 경찰에 알릴 수도 없었다. 서강이 무슨 짓을 했는지 그건 모른다. 다만 분명한 것은, 자동차 사고의 배후에는 그가 숨어 있다는 사실이다. 그는 정우 씨를 살해하려고 했다. 그런데도 그걸 밝힐 수 없다. 그게 더 무섭다.

*

선율은 집 안으로 들어서면서 초율을 부른다. 대답이 없다. 선율은 다시 초율의 방문을 두드린다. 여전히 기척이 없다.

피곤해서 자나 보네. 선율은 소파에 발랑 누워서 휴대폰을 끄집어냈다. 그때 초율의 발소리가 들렸다. 선율은 퉁명스럽게 내뱉는다.

"뭐 했냐? 잤냐? 요새 걸핏하면 방문 걸어 잠그고."

"너도 그러잖아? 너도 방에 들어가기만 하면 문 걸어 잠그면서."

할 말이 없다. 선율은 물을 마시는 초율을 곁눈질했다. 나 피곤해서 죽겠다! 얼굴에 그렇게 써 있었다. 괜히 미안하다.

학폭 문제가 불거지면서 가족들 생활이 엉망이었다. 서강은 어떨까. 그 집 식구들은 괜찮으니까 저렇게 전투적으로 나서겠지. 아무리 그들이 변호사라는 용병을 고용해서 이 전투를 치른다고 해도, 어쨌든 전투의 당사자는 그들 가족이다. 그렇다면 그들도 신경 쓸 테고, 머리가 아플 테고, 식욕이 달아날 테고, 불면의 시간을 보내야 하지 않을까. 그래야 공평하지 않을까.

그런데 그들은 아무렇지도 않은 것 같다. 대체 왜 이런 차이가 발생하는 걸까. 이제 이 전투는 변호사라는 용병 간의 대결이다. 그렇다면 이쪽도 좀 편해야 하지 않을까.

선율은 그런 상황을 떠올리다가 초율과 마주쳤다. 초율이 먼저 눈을 돌린다.

"자라. 피곤하겠다. 내일부터는 내가 병원에서 잘 거야. 그리 알아."

"아니! 내가 잘 거야. 이번에는 내 말대로 해 줘! 무조건 그렇게 해 줘. 부탁이야."

그런 말을 예상하지 못했는지 초율은 멈칫하면서 뒤돌아본다.

"이유는 묻지 말고."

"엄마가 오케이 하면 그렇게 할게."

선율이 고개를 끄덕인다. 몸을 씻어야 하는데 그럴 힘조차 없었다.

*

정우 씨의 몸 상태가 크게 염려할 정도는 아니라는 진단이 나오자, 선율은 얼마나 안도했는지 모른다. 선율은 그런 생각을 하면서 교실에 들어선다.

교실 안에 있는 선율의 책상은 작은 유배지였다. 선생님들도 거의 말을 걸지 않았다. 반 아이들도 마찬가지다.

서강은 긴 머리를 노랗게 물들인 상태였다. 학교에서는 두발과 염색에 대해서 비교적 너그러운 편이라지만 실제로 학기 중에 염색까지 하는 경우는 드물다. 어쨌든 서강이 더욱 돋보일 수밖에 없었다.

언제부턴지 윤하랑 서강은 단짝이었다. 그러거나 말거나 선율은 관심이 없었다. 이제 윤하에 대한 감정의 농도 역시 제법 낮아진 상태였으니까. 다만, 그 유배 생활이 힘들었을 뿐이다. 언제까지 버틸 수 있을지 자신할 수 없었다.

서강은 일부러 다가와서 선율에게 비아냥거렸다.

"다음 주에 학폭 위원회 열린다. 잘 준비하고 있지? 넌 끝장이야! 학교에서 아웃!"

선율은 대꾸하지 않는다.

"그 다음은 초율이다! 알고 있지? 내가 그년도 끝장 낼 거야! 학교에서 아웃!"

선율은 일부러 등을 보인다.

"그 다음은 너희 엄마다! 알고 있지? 내가 너희 엄마도 끝장 낼 거야! 이 사회에서 아웃!"

순간 소름이 돋았다. 반응하지 않으려고 얼마나 애썼는지 모른다.

시간이 흘러 어느덧 정우 씨가 퇴원하는 날이었다. 선율은 서강이 사는 동네로 가서 전화했다. 서강의 목소리는 뻔뻔했다.

"왜? 가족 모두 항복하기로 했어? 초율이 그년만 오면, 네 엄마는 빼 줄 수도 있어."

이건 또 무슨 변덕이란 말인가. 엄마는 빼 줄 수 있다니? 그런데 초율은 왜? 만약 그렇다면 정말 치졸한 인간이다. 초율은 서강의 고백을 몇 번이나 거절했다. 진짜 그런 이유 때문이란 말인가. 선율은 입가로 번지는 헛웃음을 가까스로 통제했다.

"잠깐 봐. 나 너희 아파트 앞에 있어."

"좋아."

서강은 슬리퍼를 끌면서 어기적어기적 걸어온다. 아파트 앞 광장에 작은 숲이 있었다. 일찍부터 정원수로 잘 다듬어져서 단정해 보이는 나무 수십 그루가 서 있고, 그 사이사이에 나무 의자들이 놓여 있었다.

선율은 그중 첫 번째 의자에 앉았다. 서강은 팔짱 끼고 가만히 서 있었다.

"다음 주에 학폭 위원회 열린다. 잘 준비하고 있지? 그래도 넌 끝장이야! 학교에서 아웃!"

놀랍게도 선율의 입에서 그렇게 말이 나왔다. 예상치 못했는지 상대는 헛웃음을 짓는다.

"너 미쳤구나! 그래, 입이 달렸으니까 마음대로 지껄이는 건 네 자유지."

"그 다음은 최 교수님이다! 알고 있지? 너희 엄마도 끝장이야! 대학교에서 아웃!"

"그래, 더 지껄여 봐라."

"그 다음은 너희 아버지다! 알고 있지? 너희 아버지도 끝장이야! 이 사회에서 아웃!"

"이 새끼, 이 미친 새끼가 진짜······."

서강은 몇 번이나 마른 세수를 했다. 이글이글 끓어 넘치는 분노를 그렇게 삭여 내는 중이었다. 그럴수록 눈썹과 입술에 분노가 뭉쳐지면서 얼굴의 균형이 무너진다.

"야, 겁나지? 우리 가족은 피 터지게 싸워도 잃을 게 없어. 근데 너흰 다를걸. 당장 너희 엄마, 최 교수. 그리고 너희 아버지 오 사장님! 가진 게 많은 분들이지?"

"아니, 이런 또라이 새끼가 진짜 겁대가리를 상실하고!"

서강은 점점 여진이 심해지는 화를 달래지 못하고 주먹으로 자기 이마를 툭툭툭 쳐 댄다. 선율은 슬쩍 돌아섰다. 발길질하든 주먹질하든 맘대로 해 보라는 뜻이다.

"왜? 그때처럼 또 발길질하려고? 그것도 비겁하게 선전 포고도 없이 했잖아? 아무리 막 나가는 독재 국가라도 전쟁할 때는 상대에게 선전 포고라도 해. 넌 그러지도 않았어. 그러고는 뭐 나한테 맞았다고? 비겁한 새끼! 쪽팔리지도 않냐? 나한테 맞았다니? 야, 근데 너 누구한테 맞았냐? 그거나 알자? 대체 누구한테 얻어터지고 그 분풀이를 나한테 하냐? 설마 여자인 초율이한테 맞았을 리는 없고."

"닥쳐, 이 새끼야!"

서강의 주먹이 의자를 내리쳤다. 그의 눈이 파랗게 일렁거린다.

"너 이 새끼, 이제는 그 어떤 용서도 없어. 넌 내가 반드시 학교에서 아웃, 이 사회에서 아웃, 영원히 아웃시킬 거야!"

"그게 맘대로 될까? 진짜 그러고 싶으면 정정당당하게 붙어 보자. 우리 둘이 한번 붙어 보자고! 죽든 살든, 각자 각서 쓰고, 붙어 보자 이 말이야! 대신 학폭이니 뭐니 그딴 건 다 취소하고. 겁나냐? 나한테 맞아 죽을까 봐 겁나냐? 겁나면 관두고. 난 네가 나한테 맞았다고 할 때부터, 진짜 너랑 한번 붙고 싶었거든. 그래야 억울하지 않으니까!"

서강은 가만히 보고 있다가 이번에는 발로 의자를 가볍게 차면서 크게 웃는다.

"그래, 그 주둥이 안에 든 말 다 했지? 좋아, 그 대결 받아들인다. 확실하게 각서 쓰자. 각서가 법적인 효력은 없겠지만, 그래도 우리 둘 사이에는 중요하잖아? 가족에게도 그렇고. 당연히 학폭위원회는 취소하지. 단, 각서에 널 죽여도 된다는 말을 쓸 거야. 어때?"

"그래, 맘대로."

"좋아. 내일모레. 시간은 네가 통보해. 장소는 이따가 내가 알아보고 통보하지."

서강은 괜히 옆에 있던 나무에다 발차기해 댔다.

선율은 최대한 빠른 걸음으로 공원을 빠져나갔다.

두 외계인의 전투

죽어도 좋다.

이렇게 해결해야 한다.

선율은 자기 주먹을 힘껏 쥐었다. 십칠 년을 살아오도록 싸워 본 적이 없다. 상대를 발로 차고 주먹으로 가격한다는 것. 아, 상상이 가지 않는다.

상대의 모든 조건이 선율을 압도한다. 체중은 30킬로그램 이상 차이가 나고, 키도 20센티미터 이상 크다. 아무리 취미라지만 격투기 기술로 무장까지 하고 있다. 이건 미친 짓이다.

선율도 상대를 이길 수 있을 거라고 확신한 게 아니다. 싸움이란 꼭 이기기 위해서 하는 게 아니니까. 비록 승산이 없다 해도 문제를 해결할 수만 있다면 피할 이유가 없다. 그 판단이 얼마나 적절했는지 그건 모른다. 다만 지금으로서는 이것이 최선이다.

서강이 통보한 곳에 도착하자 다리가 후들거렸다. 상가 재건축 현장이었다. 그가 알려 준 대로 차도에서 반대편 어두운 골목을 더듬으니까 방음벽 밑으로 기어들 수 있는 틈이 드러났다. 누군가 숱하게 드나든 흔적이다.

낡은 상가 건물이 철거된 공사장에는 지하 주차장 공사가 한창이다. 종일 노동에 시달린 굴삭기 몇 대가 졸고 있고, 온갖 건설 자재들이 쌓여 있다. 그는 건설 자재에 걸터앉아서 휘파람을 흘리고 있었다. 오싹 소름이 돋는다.

"새끼, 겁먹고 오지 않을 줄 알았더니……. 용기가 가상하네."

서강은 과자를 바삭거리면서 우물우물 먹고 있다. 선율은 말없이 주위를 둘러본다. 이곳은 그야말로 완벽한 싸움터다. 건설 자재 뒤쪽에는 커다란 크레인이 솟아 있다.

"새끼, 분명히 말하지만 이건 우리 둘이 합의한 싸움이다. 얻어터지고 나중에 발뺌하지 마라."

선율은 상대를 쳐다보지 않고 고개를 끄덕인다. 말하고 싶어도 입이 움직이질 않는다. 그만큼 긴장하고 있었다.

서강은 휴대폰으로 녹음하고 있다면서 덧붙였다.

"다시 말한다. 이 싸움은 네가 먼저 하자고 했고, 어떤 일이 벌어져도 상대에게 책임을 묻지 않기로 했다. 맞지? 대신 네 말처럼 학폭 위원회는 취소할게. 자, 지금이라도 겁나면 못 하겠다고 해."

선율은 낮은 목소리로 대답했다.

"난 네가 두렵지 않아."

"좋아, 그렇다면 두려워서 벌벌벌 떨게 해 주지. 내가 너 같은 놈이랑 싸운다는 게 쪽팔린다만, 싸움은 싸움이니까 각오해라."

상대는 주먹을 쥐고 선율의 주위를 돌기 시작했다. 선율은 상체를 낮게 수그린다. 그는 계속 비웃으면서 짧게 소리쳤다.

"자, 어서 쳐 봐. 너 주먹질이나 할 수 있냐? 자, 쳐 보라고 새끼야!"

선율의 주먹이 닿을 수 있는 사정거리까지 그가 얼굴을 내밀었다. 선율은 주먹을 날리지 못했다. 어떻게 얼굴을 때린단 말인가. 상대는 그런 선율을 계속 조롱했다. 춤을 추듯이 요란하게 몸을 흔들기도 하고, 일부러 등을 보인다.

순간 선율이 개구리처럼 뛰어서 상대의 허리를 끌어안았다. 기습이다. 선율은 기합을 넣으면서 꽉 조인다. 그는 거칠게 몸을 흔들면서 팔꿈치로 선율의 팔을 마구 내리친다. 그럴수록 선율은 팔에다 더 힘을 모은다.

그랬을 뿐 상대를 쓰러트리지도 않았다. 아니, 선율의 힘으로는 상대를 쓰러트릴 수 없었다.

"야, 이 새끼야. 너 지금 뭐 하는 거야? 너 지금 싸움이 장난인 줄 알아!"

그들의 실루엣은 키 작은 여자가 남자를 뒤에서 끌어안고 있는 풍경으로 보였다.

서강은 잠깐 멈칫하다가 몸을 획 비틀었다. 뒤에서 서강의 허리를 감싸고 있던 선율이 휘청하면서 쓰러졌다. 그와 동시에 손이 풀린다. 서강의 왼발이 선율의 옆구리를 정확하게 타격했다.

아이고! 비명이 메아리친다. 그때부터 선율은 구르기 시작했다. 어찌나 빠르던지 서강의 발길질이 계속 빗나간다.

"굼벵이도 구르는 재주는 있다고 하더니 제법이네!"

서강은 선율이 일어날 때까지 기다렸다. 선율이 일어나는 순간, 서강의 발이 허공을 가른다. 놀랍게도 선율은 그의 발길질을 피했다. 눈으로 봐서가 아니라 몸이 본능적으로 그의 공격을 예측하고 이리저리 피하고 있었다.

서강은 연달아 발길질하면서 주먹을 날렸다. 그때마다 선율은 여유롭게 피했다. 선율은 지금의 상황이 믿어지지 않았다. 누군가 몸속에 들어와서 이 싸움을 지휘하고 있는 것만 같았다. 그러지 않고서야 어떻게 이런 일이 일어난단 말인가.

심지어 선율은 하늘을 날고 있었다. 조금만 펄쩍 뛰면 몸이 허공으로 솟구치면서 건축 자재보다 더 높이 올라갔다. 이게 뭐지? 내가 왜 이러지? 나한테 이런 능력이 있었다니! 꿈만 같다.

"허허, 이 새끼 봐라. 뭐야? 너도 외계에서 왔어? 그렇구나! 아하, 그건 몰랐네! 야, 넌 어디서 왔냐? 미러클 스타에서 온 놈은 아닌 게 분명하고."

"미러클 스타라니! 너 진짜 외계인이었냐? 그게 사실이야?"

"이 새끼가 지금 내가 묻는 말에나 대답할 것이지. 좋아, 그냥 몇 대 손봐 주고 가려고 했는데, 진짜 재밌게 됐네."

갑자기 서강의 눈에서 파란 불꽃이 튀어나온다. 그와 동시에 손에서 덩굴이 뻗어 나온다. 빛처럼 빠른 속도였다. 선율은 그걸 예측하고 피했다. 서강의 몸짓도 빨라진다. 크레인 꼭대기까지 쫓아왔다. 아무리 서강이 빨라도 선율은 그의 동작을 다 예측할 수 있었다.

조금씩 자신감이 생긴다. 선율은 허공에서 상대의 발을 잡고 뱅글뱅글 돌리고 싶었다. 그런 상상을 하자, 어느새 상대가 허공에서 뱅글뱅글 돌고 있었다. 어지러워서 죽어 버릴 때까지 돌리고 싶다.

어서, 어서, 더, 더, 더 빠르게, 더 빠르게! 미친 듯이 모질음을 쓴다. 상대의 팔다리를 잡고 돌리는 게 아니다. 상대가 비행기 프로펠러처럼 회전하는 상상하면서 소리칠 뿐이다. 상대는 허공에서 프로펠러처럼 회전하고 있다.

선율은 점점 숨이 차고 힘들어진다. 땅으로 내려온 선율은 기진맥진해져 있었다. 상대도 땅에 누워 있었다. 뭐라고 알 수 없는 중얼거림과 신음 소리만 뱉어 내고 있었다. 선율은 옆에 누운 그의 어깨를 툭 친다.

"야, 미라클 스타에서 온 외계인인지 뭐지 모르겠지만, 다시 한 번 까불면 가만 안 둬! 그때는 그냥 입바람을 불어서 너를 우주까지 날려 버릴 거야! 진짜야! 내가 맘만 먹으면 그런 건 식은 죽 먹기라고!"

그때 상대가 선율을 덮쳤다. 그는 선율의 목을 조르다가 물어뜯었다. 선율은 비명을 지르면서 상대를 허공으로 날렸다가 떨어트리는 상상을 한다. 서강은 바람에 날려 가는 비닐봉지처럼 허공으로 날아가다가 떨어졌다.

선율이 일어나려고 할수록 점점 의식이 흐려진다.

얼마나 지났는지 모른다. 눈을 뜬 선율은 머리가 너무 아파서 얼굴을 찌푸린다. 날카롭게 깨져 버린 사금파리들이 머릿속에 가득 차서 굴러다니는 느낌이다.

어디선가 어서 일어나라고 하는 소리가 들린다. 인간의 언어는 아니다. 저도 모르게 소리가 나는 쪽으로, 그러니까 허공으로 눈을 돌린다. 까만 것들이 날아다니고 있었다. 까만 점으로 보이는 것들은 박쥐였다. 박쥐들이 초음파로, 어서 일어나라고 계속 소리치고 있었다.

선율은 그들에게 어떻게 된 것이냐고 물었다. 누군가의 목소리가 들린다.

"넌 미리클 스타에서 온 외계 생명이랑 싸웠고, 지금은 아주 위급한 상황이야. 빨리 치료를 받아야 해. 그렇지 않으면 넌 고통스럽게 시들어 갈 거야."

선율은 그 말을 알아듣자마자 자기 몸을 살폈다. 서강에게 물린 목부터 손으로 더듬었다.

 어, 아무런 상처가 없다. 벌떡 일어난다. 아무렇지도 않다. 조금 전까지 격렬하게 싸웠다는 사실이 믿어지지 않는다. 선율은 다시금 옷을 털면서 허공에다 소리친다.

 "내가 죽어 간다고? 위급한 상황이라고? 난 너무 멀쩡해. 다 끝났어. 이제 그놈이 내 능력을 알았을 거고, 그러니까 함부로 날 건드리지 못할 거야. 학폭 위원회도 취소하기로 했으니까, 이제 다 해결된 거야!"

 선율은 홀가분하게 방음벽 쪽으로 걸어간다.

 집에 온 선율은 샤워하면서 몸에 상처가 있는지 다시 확인했다. 아무리 봐도 상처 한 점 보이지 않았다. 서강이 물어뜯은 목도 멀쩡했다. 괜찮다.

*

 열한 시 십 분 전이었다. 선율이 들어오자, 초율은 잠깐 이야기하자고 다가간다. 선율은 들은 척도 하지 않고 자기 방으로 사라진다. 초율은 다시 부를까, 하다가 돌아선다.

 파란별은 선율을 잘 챙기라고 했다. 꼭 어른들 잔소리 같다. 누가 뭐래도 지금은 선율이 가장 힘들 터였다. 자기 때문에 가족의 일상이 엉망으로 헝클어졌다고 괴로워할 게 뻔하다. 선율은 그

문제를 해결하려고 할 테고, 그러다 보면 엉뚱하게 서강을 자극할 수도 있다고 걱정했다.

초율도 선율을 달래고 싶다. 이제 우리도 변호사를 선임한 상태니까, 모든 건 그에게 맡기고 학교생활에 열중하자고. 그래야 우리가 버틸 수 있다고. 사실 지금으로서는 다른 방법이 없지 않은가. 이제 누가 지치지 않고 오래 버티는가의 싸움이니까.

선율은 화장실에서 샤워하고 자기 방으로 사라졌다. 그리고 삼십 분쯤 흘렀을까. 정우 씨가 들어왔다. 정우 씨가 만두를 식탁에다 올려놓고 선율을 불렀다. 대답이 없었다.

"선율이 벌써 자나?"

"그런가 봐요."

그제야 정우 씨도 포기했다.

정우 씨가 초율에게 학교생활이 어떠냐고 물었다.

"저는 뭐 괜찮아요. 근데 선율인 힘들 거예요. 갠 사교성도 없고, 게다가 서강이랑 같은 교실에서 마주 봐야 하니까요. 보나 마나 애들도 다 서강이 편들 것이고."

"그래서 내가 학교 측에 분리 신청을 했는데, 학교에서는 받아들이지 않네. 학교 선생님들이 이 문제에 절대 개입하려고 하지 않아. 철저하게 중립을 취하려고 해. 이해는 가지만, 가끔은 선생이 아니라 로봇을 보는 것 같아."

"그러겠죠. 엄마, 마을 연극은요?"

초율은 갑자기 그 생각이 나서 불쑥 물었다.

"아, 그것도 문제야. 다른 누구한테 맡길 수도 없고. 봐서, 사업을 포기하고 지원금도 반납해야지. 근데 지원금 반납하면 앞으로 몇 년간 지원 사업에 신청할 수 없다는 규정이 있어서."

"엄마도 변호사한테 맡기고 그냥 할 일 하세요. 그래야 우리가 살아요."

"알아. 근데 그게 안 되니까 문제지."

정우 씨가 냉장고에서 캔맥주를 꺼낼 때, 선율의 방에서 쿵, 하고 뭔가 떨어지는 소리가 울렸다. 거실 바닥이 울릴 정도로 큰 소리였다. 정우 씨가 급하게 뛰어간다.

"선율아! 선율아! 문 열어 봐. 엄마야, 문 열어 봐!"

아무리 문을 두드려도 안에서는 아무런 반응이 없었다. 정우 씨가 모든 방의 열쇠가 한데 엮여 있는 열쇠 뭉치를 들고 왔다. 한참 만에 방문이 열렸다. 침대에서 가장 먼 쪽 구석 바닥에 선율이 쓰러져 있었다.

정우 씨가 흔들어도 눈을 뜨지 않았다. 초율은 119 대원과 통화하면서 심폐 소생술을 하려다가 주춤했다. 다행히도 숨은 정상이다. 어디선가 추락한 게 분명한데, 선율이 올라갈 만한 곳이 없었다.

침대와 책상도 멀다. 초율은 천장을 올려다본다. 저기에서 떨어졌다면 모를까. 초율은 고개를 흔들어 버린다. 선율의 오른쪽 이

마에 멍이 든 채 심하게 부어 있었다.

집으로 들이닥친 119 대원들도 선율이 어디선가 추락해서, 그 충격으로 기절한 거라고 이 상황을 진단했다. 문제는 추락의 원인이 될 만한 높은 곳을 찾을 수 없다는 점이다.

선율은 응급실에서 간단하게 진료를 받고 곧장 MRI 검사실로 이송되었다. 다행스럽게도 특별한 이상은 발견되지 않았다. 의사는 정확한 상태는 깨어나 봐야 알 수 있다고 했다.

초율은 정우 씨와 함께 응급실 복도 의자에서 새벽을 맞았다. 오늘은 일요일이라 정우 씨도 초율에게 집에 가라는 말을 하지 않았다. 아침에 정신이 돌아온 선율이 일반 병실로 옮겨졌다. 그제야 정우 씨는 선율을 보고 쓸쓸하게 웃었다.

"이게 뭔 일이니? 이럴 수가 있는 거니? 불과 몇 달 새에 딸과 엄마와 아들이 번갈아 가면서 계속 병원을 들락거리네?"

"그 시작이 저니까, 괜히 미안해지네요."

"아냐, 아냐. 근데 진짜 무당을 불러서 푸닥거리해야 하나 봐. 어쨌든 인간의 신체 부위에서 가장 강한 쪽이 눈썹 위쪽 이마래. 그 부위로 떨어져서 심한 충격을 흡수한 것 같다고. 한 며칠은 지켜봐야 한다고 하는데…… 괜찮을 거야."

정우 씨는 자꾸 불안한 눈빛을 깜박인다. 초율은 그런 정우 씨의 손을 꼭 잡아 주었다. 요즘 들어 이렇게 손잡을 기회가 많아서 좋다고 해야 하나? 괜히 헛웃음만 나온다.

*

눈을 떴다. 선율의 시야에 초율이 들어왔다. 선율은 한동안 몸을 움직이지 않았다. 초율은 간이침대에 앉아서 책을 보고 있었다. 얼마쯤 흘렀을까. 초율은 선율이 깨어났다는 것을 알고 일어났다.

"정신 차렸냐?"

"또 병원이네? 대체 왜 이러냐? 지금 몇 시야?"

초율이 애써 웃는다. 창백한 얼굴이 마치 희미한 낮달이 웃고 있는 것 같았다.

"열두 시야. 아침 일곱 시쯤 잠깐 의식이 있다가 잠이 들었고, 이제야 깨어난 거야."

"진짜 어이가 없다. 내가 왜 병원에 있는 거지?"

"야, 내가 더 어이없다. 그걸 네가 모르면 누가 아냐? 너 진짜 몰라? 의사 선생님은 네가 어디 높은 곳에서 떨어졌을 거라고 하는데, 방 안에는 네가 올라갈 만한 높은 곳이 없잖아?"

그제야 선율은 대충 사태를 짐작할 수 있었다. 어젯밤 늦게 들어온 선율은 화장실에서 자기 몸을 꼼꼼하게 살폈다. 서강에게 물린 목에도 상처의 흔적조차 없었다. 이상하면서도 다행이라고 안도했다.

침대에 눕자 피로가 몰려왔다. 선율은 박쥐 인간이 되어 천장을 향해 날아갔다. 침대 반대쪽 천장 구석에 매달려서 흔들거렸다. 몸이 작아져서 그런지, 천장과 벽의 틈에 걸린 발톱이 야무져서 그런지 중력조차 간섭하지 않았다. 스르르 잠이 들었다.

그러다가 추락했다. 갑자기 중력이 횡포를 부린 건지 아니면 발톱이 풀린 건지 알 수 없다. 박쥐가 동굴 천장에서 잠을 자다가 추락할 수 있냐? 하마터면 초율에게 물을 뻔했다.

초율은 이제 병원에 그만 오자고 혼잣말에 가깝게 읊조린다.

"물론 오고 싶어서 온 게 아니란 걸 알아. 그만큼 조심하자 이거지."

"근데 왜 네가 병실을 지키고 있냐?"

"엄마는 가게에 갔다가 온다고 했어. 오늘 일요일이잖아?"

"너도 들어가. 나 혼자 움직일 수 있으니까."

선율의 몸에는 여러 가지 첨단 기기가 부착되어 있어서 자유롭게 움직일 수 없었다. 그래도 혼자 움직일 수 있다고 생각했다. 초율은 그 말을 무시하고는 호주머니에서 휴대폰을 꺼내 주었다.

다른 생각 말고 이거나 보라는 뜻인가. 선율은 휴대폰을 열고 카톡을 확인했다. 서강으로부터 카톡이 와 있었다. 어제 싸운 것에 대해서는 언급이 없고, 약속한 대로 학폭 위원회를 취소한다는 짧은 문장이 눈에 들어온다.

선율은 휴대폰을 초율에게 내민다. 초율은 그걸 보고 씁쓸하게 웃더니, 자기 휴대폰을 열어 카톡을 보여 준다. 똑같은 내용이었다.

"안 그래도 물어보려고 했어. 어제 서강이랑 무슨 일 있었냐?"

"아니."

"근데 왜 그놈이 학폭 위원회를 취소한다는 거야?"

"몰라. 애초에 학폭으로 나 신고할 때부터 지 맘대로였으니까."

"아이고, 참 어이가 없네. 이거 뻥 치는 거 아니겠지?"

"몰라. 일단 확인해 보고 진짜 취소한 게 맞으면 우리도 취소해야지."

"내가 엄마한테 말할게. 변호사에게 연락하라고."

초율은 정우 씨와 통화하기 위해서 병실 밖으로 나갔다. 시간이 제법 흘러도 초율이 돌아오지 않았다. 간호사가 와서 수액이 들어오는 주사만 두고 나머지 기기는 다 풀어 주었다.

이제 혼자 움직일 수 있다. 화장실부터 가야 한다. 발을 침대에서 내리고 슬리퍼를 신으며 중심을 잡으려고 하는 순간, 몸이 휘청거린다. 그때 얼마나 놀랐는지 모른다. 갑자기 다리가 확 풀리는 느낌이었다.

선율은 긴장하고 다리에다 힘을 모은다. 한 걸음 한 걸음 옮길 때마다 발이 너무 무겁다. 화장실에서 나오자 초율이 다가온다.

"괜찮냐?"

"응."

엉거주춤 대답하는 선율의 눈빛이 심하게 흔들린다. 왜인지는 몰라도 몸이 예전과 다르다. 한 걸음씩 움직이는 게 힘들다. 선율은 곧 괜찮아질 것이라고 자기 자신을 안심시켰다. 하긴 천장에서 거꾸로 떨어졌으니 충격이 없다면 그게 이상하다. 그 충격에서 벗어날 시간이 필요하리라.

선율은 다시 잠이 들었다. 눈을 뜨자 정우 씨가 와 있었다. 오후 다섯 시니까, 다섯 시간가량 잔 셈이다.

"왜 이렇게 많이 잤지? 갑자기 잠꾸러기가 된 기분이네."

"괜찮아. 자고 싶을 때 푹 자야지."

"초율인 갔어?"

"그래, 갔어. 그나저나 서강이가 학폭 위원회 취소한다고 했다며?"

"응. 그러겠대. 진짜면 우리도 취소해."

"그래야지. 어쨌든 다행이다. 너도 별일 없으면 곧 퇴원할 거야. 이제부터 다 잘될 거야."

저녁 식사가 들어왔다. 정우 씨는 반찬이 깔끔하면서도 짜지 않고 맛있다고 하면서, 남기지 말고 다 먹으라고 힘주어 말했다.

선율은 뭔가 예감이 좋지 않았다. 밥을 입에 넣고 우물거리자 머리가 아프고, 온몸에서 쿡쿡 쑤시는 통증의 여진이 계속 일어났다. 이럴 때일수록 먹어야 한다고 자신을 다그친다. 그렇게 묘한 절박감이 선율을 자극하고 있었다.

혼자 화장실에 갈 때는 더 긴장했다. 걷는 게 더 힘들다. 겁이

두 외계인의 전투

난다. 화장실 유리를 보고 한동안 목을 쳐다본다. 자꾸만 보이지 않는 상처가 신경 쓰인다.

기억나는 것이 더 소중하다

점심시간이었다. 초율은 교실 앞 정원에서 정우 씨와 통화하고 있었다. 당분간 선율의 퇴원이 어렵다는 말을 들은 초율은 고개를 갸우뚱했다.

"난 오늘 퇴원할 줄 알았어요. 특별히 어디 아픈 것도 아니잖아요?"

"아냐, 아파. 오늘은 밥도 먹지 않았어. 움직이기만 하면 아프대. 수백만 개의 가시가 온몸을 찌르는 것 같대."

"아니, 아니. 그 정도로 아프다고요?"

"그래. 가만히 있으면 괜찮은데, 조금이라도 몸을 움직이면 아프대."

초율은 그 말이 믿어지지 않았다. 어제까지만 해도 선율은 너무나 멀쩡했다. 간호사도 오늘 퇴원할 수 있을 거라고 말하지 않았던가.

"엄마, 그래서 어디가 아픈 거래요?"

"몰라. 의사들도 모르겠다더라. 일단 어딘가 이상이 있대. 근데 어디에 이상이 있는지 그건 모른다는 거지. 그냥 검사를 더 해 봐야 한다는 말만 되풀이하고 있어."

정우 씨는 그래도 학폭 위원회가 정리되어서 한시름 놓인다고 말꼬리를 돌렸다.

"잘된 거지. 아픈데 계속 여기저기 끌려다니면 더 힘들어할 거야."

초율은 한동안 정우 씨의 하소연을 들어주었다. 하고 싶은 말이 입안에서 부글부글 끓어도 꾹 참았다. 정우 씨는 계속 학교 폭력 예방법에 대한 불만을 성토하고 있었다.

서강이 소송을 취소한 건 분명 잘된 일이다. 그런데 왜 이렇게 찝찝할까. 선율이 아파서 그러는 걸까. 이번 사건과 그가 아픈 것은 전혀 관련이 없을 텐데.

초율은 학교 현관으로 들어가다가 걸음을 멈춘다. 앞에 서강이 서 있었다. 윤하도 보인다. 초율은 그냥 지나치려고 고개를 돌린다. 이제 일도 마무리되었으니까 그와 얼굴을 붉힐 일도 없지 않은가. 그들이 사귀는 거야 신경 쓸 일도 아니다.

"야, 선율이 많이 아프냐?"

뜻밖에도 서강이 물어 온다. 웃고 있었다. 윤하의 손을 꼭 잡고

삐딱하게 쳐다보았다.

"걱정해 줘서 고맙다. 괜찮아."

초율은 애써 담담한 웃음을 흘린다.

서강의 왼쪽 눈은 초율을 탐지하고 있고, 오른쪽 눈은 윤하의 표정을 더듬고 있었다. 양쪽 눈이 각각 따로 움직이면서 독자적인 기능을 수행하고 있었다. 인간의 눈이라면 불가능하다.

서강은 왼쪽 눈을 살짝 찡그린다.

"내가 이렇게 학폭 신고를 끝낸 건 윤하 때문이야. 윤하가 그만하자고 해서. 같은 반 친구 아니냐고. 마음이 더 큰 네가 양보하라고 해서, 그래서 봐주는 거야."

초율은 윤하 쪽으로 고개를 돌린다. 마주치면 고맙다고 하려는데, 윤하는 끝내 초율을 보지 않았다. 서강은 노랗게 물들인 긴 머리를 몇 번 흔들면서 날카롭게 쏘아본다.

"그니까 앞으로 조심해. 함부로 까불지 말고."

그건 선율이 아니라 초율에게 보내는 경고였다. 초율은 굳이 대꾸하지 않는다.

*

얼마나 많은 검사를 받았는지 모른다. 그럴수록 하루하루 뭔지 모르는 혼동 속으로 빠져들었다. 그런 악몽의 시간이 일주일이나 흘렀다.

의사들은 끊임없이 의구심만 품고, 검사를 하자고 했다. 검사를 하고 나면 이것도 아닌데, 하고는 다른 검사를 해 봐야 한다고 했다. 그렇게 꼬리에 꼬리를 물고 계속 진료과는 바뀌었다.

어느 순간 선율은 자신이 의사들의 실험 대상이 된 기분이라고 정우 씨에게 말했다. 정우 씨는 그런 아들의 어깨를 다독여 주면서, 일단 원인을 알아야 치료를 할 수 있으니까 의사들의 행위는 당연하다고 말꼬리를 흐렸다.

선율은 그걸 반박하지 않았다. 그래 봤자 아무 소용이 없기 때문이다.

입원하고 열흘이라는 시간이 흘렀다. 선율의 병에 대해서는 여전히 밝혀진 게 없었다. 머리앓이는 점차 가라앉았다. 그래서 괜찮아지는가 보다 했더니, 움직임의 균형이 무너지면서 몸이 빠르게 굳어 가고 있었다. 그 시작이 발가락이다.

발가락의 감각이 사라지면서 뻣뻣해졌다. 그런 경직됨이 발목으로, 무릎으로, 허벅지를 타고 상체 쪽으로 진격해 오고 있었다. 3일 전부터는 목발이 없으면 움직일 수도 없었다. 그걸 본 초율은 믿어지지 않는 듯 한동안 말을 잇지 못했다.

초율은 의사들을 노골적으로 불신했다.

"엄마, 이게 말이 돼요? 우리나라에서 세 손가락 안에 드는 병원이라는데, 이까짓 병 하나 못 잡아내고……! 다른 병원으로 가요."

정우 씨는 동요하지 않았다.

"일단 여기서 할 수 있는 데까지 해 보자."

정우 씨 목소리는 높낮이도 없었다. 그만큼 냉정하게 어미의 본능에 충실하고 있었다.

선율은 모든 걸 포기하고 싶었다. 하루에도 몇 번씩 정우 씨와 초율에게 소리치고 싶은 충동을 느꼈다. 날 그냥 내버려두라고. 죽든 살든 신경 쓰지 말라고 말이다. 실제로 정우 씨에게 그런 말을 한 적이 있었다. 그러자 정우 씨의 손바닥이 선율의 등을 내리쳤다.

"네가 잘못되기라도 하면 엄마가 편히 살겠니? 누나도 편하게 살겠어? 다시 한번 더 그딴 소리 해 봐. 진짜 너 끌고 어디 높은 데 가서 동반 자살이라도 해 버릴 테니까!"

선율은 정우 씨의 말을 듣는 내내 너무 슬퍼졌다. 정우 씨의 손바닥이 등을 내리쳤어도 아무런 아픔을 느낄 수 없었다. 지금 누가 선율에게 총을 쏘아도, 생물학적인 몸은 아무런 아픔을 감지하지 못할 것이다. 그만큼 선율은 심각한 병을 앓고 있었다.

아, 너무 절망적이다. 어디론가 사라지고 싶었다. 하루에도 몇 번씩 그런 생각을 굴렸다. 죽음에 대해서, 그리고 가족에 대해서.

입원한 지 11일째 되는 날, 선율은 야윈 정우 씨 손을 잡았다.

"엄마, 나 퇴원할래. 여기 있어 봤자 좋아지는 것도 없고, 집에서 치료할래. 이제 검사도 할 만큼 다 했잖아? 다행히도 머리는 아프지 않으니까, 견딜만 해. 제발 퇴원해."

"그게 우리 맘대로 되는 게 아니잖아?"

"아, 답답해 미치겠어. 이제 견딜 수가 없어!"

"알았어. 엄마가 의사 선생님한테 말할게."

선율은 의사들이 자신의 병을 고쳐 줄 거라는 믿음을 놓아 버린 상태였다. 그들은 끊임없이 다른 병을 의심하고, 다른 의사를 소개하고, 다시 검사하는 과정을 진행하고 있을 뿐이다. 그들은 선율에게 이 전투에서 완주해야 한다고 말하지도 않았다. 설령 완주한다고 해도 살 수 있다는 희망이 보이지 않는다는 뜻이다. 그만큼 선율은 힘겨운 싸움을 하고 있었다.

12일째 되는 날 밤이었다. 4인실 병실이 잠의 침묵 속으로 빠져들었다. 간헐적으로 지친 간병인들의 잠꼬대만 스산하게 울렸다.

정우 씨도 곤하게 잠들어 있었다. 선율은 하얀 천장을 보다가, 그곳에 매달리고 싶은 충동으로 몸을 떨었다. 문득 정신을 차려 보니, 천장 구석에 작은 박쥐 인간이 되어 매달려 있었다. 처음에는 두 다리가 심하게 후들거렸다. 다행스럽게도 점차 다리에 힘이 생긴다.

아, 살겠다. 이제야 피들이 정상 운행을 하는 것 같다. 왜 지금까지 이 시간을 잊고 있었을까. 선율은 새삼 자기 자신을 타박했다. 오랜만에 편하게 잠이 들었다.

하필이면 그때 간호사가 왔다. 정우 씨도 깨어났다. 간호사가 비어 있는 침대를 보면서 환자가 어디 갔냐고 물었다.

"혈압 재야 하는데……. 잠자기 전에 혈압이 높아서 교수님이 꼭 체크하라고 했거든요."

"어, 글쎄요? 혼자서는 움직이질 못하는데."

정우 씨가 더 당황했다. 목발도 침대에 그대로 걸쳐 있다. 슬리퍼도 그대로다.

천장 구석에 매달려 있던 선율은 몇 번이나 몸을 떨었다.

정우 씨와 간호사가 병실을 나갔다. 선율은 서둘러 침대로 내려왔다.

정우 씨가 들어오더니 깜짝 놀란 눈빛으로 쳐다보았다.

"아니, 너 어디 갔다가 온 거야? 혼자 걸을 수 있어?"

"응, 그냥 조심조심 갈 만했어."

"진짜? 어디 해 봐."

선율은 목발을 잡고 서너 걸음 움직였다. 그 이상은 무리다. 그래도 정우 씨는 마치 기적을 본 듯이 탄식하고 웃었다. 간호사도 놀라는 눈빛이다.

선율은 새벽에 다시 천장에 매달려서 잠을 잤다.

아침이 되자 확실히 몸이 가벼웠다. 선율은 뭔가 확신이 생겼다. 자기 스스로 아픈 몸을 치유할 수 있다는 믿음이라고나 할까.

선율은 조금씩 조금씩 걷는 시간을 늘려 갔다. 그 덕분에 그로부터 사흘 뒤에 퇴원했다.

병원을 나오자 유독 밝은 햇살이 쏟아졌다. 선율은 그 햇살을 오랫동안 쳐다본다. 눈이 부셔도 눈이 감기지 않는다. 자외선을 막아 주는 투명한 눈꺼풀이 따로 덮여 있는 것처럼. 저 창공으로 훨훨 날고 싶었다.

*

집에 온 선율이 웃는다. 다행이다. 아직 예전의 몸을 회복한 건 아니다. 그래도 절망의 경계는 넘어온 상태라고 초율은 확신했다. 혼자 걸을 수 있다는 것! 걸을 수만 있다면 살아갈 수 있을 테니까. 선율의 얼굴에도 생기가 돌지 않는가.

초율은 정우 씨와 식탁에 마주 앉았다. 정우 씨는 오랜만에 캔 맥주를 마신다. 지치고 야윈 얼굴이 안쓰럽다. 그래도 이제 아들을 걱정하지 않는다고 환한 눈빛을 보냈다. 선율의 눈에서 강한 삶의 의욕이 싹트고 있음을 확신한다면서.

수족관으로 들어온 초율은 파란별에게 선율의 퇴원 소식을 알렸다. 파란별은 가만히 들어준다. 초율은 아직도 비밀경찰이 오지 않냐고 물었다. 파란별은 한숨만 내뱉는다.

"미러클 스타에서 출발했다고 하니까, 조금만 더 기다리자."

"난 하루하루가 초조해. 그놈이 또 무슨 짓을 벌일지 모르고. 혹시 선율이가 아픈 것도 그놈의 짓이 아냐? 난 그런 생각을 여러 번 했거든."

파란별은 한동안 말이 없다가 초율 앞으로 다가온다.

"지구 의사들이 병명조차 알아내지 못했다고 하니까, 그렇다고 봐야지. 그놈이 선율이에게 치명적인 바이러스를 침투시켰을 거야. 그 바이러스는 인간의 몸속으로 들어가면 감쪽같이 변신을 해. 인간의 몸속에서 사는 토박이들, 몸을 지키는 착한 세포로 변신을 하니까 인간의 과학으로는 그들을 알아낼 수 없어. 그들은 그렇게 인간의 몸에 살면서 아주 교묘하게 활동하지."

초율은 깊게 들이마신 숨을 가만히 토해 낸다.

"치명적인 바이러스라고? 그렇군. 그래도 지금 많이 나아지긴 했어."

초율은 애써 희망을 말하고 싶었다. 파란별이 몸을 돌린다. 꼬리지느러미가 부드럽게 흔들린다.

"아냐, 그건 선율이가 자기 정체성을 찾아가면서 간신히 버티는 거야."

"그게 무슨 말이야? 정체성이라니?"

"선율이도 외계 생명이라는 뜻이야."

"뭐, 그게 사실이야? 그럼 선율이도 미러클 스타에서 온 거야?"

"아냐, 정확히 어떤 별에서 왔는지 그건 몰라. 선율이는 천장에 매달려서 자. 박쥐하고 비슷한 생명이야."

"박쥐라고?"

순간 선율이 병원에 입원하던 날이 떠오른다. 초율은 식탁에서 정우 씨와 이야기를 나누고 있다가 그의 방에서 뭔가 추락하는 소리를 들었다. 방에 가 보니까, 선율은 방구석에 쓰러져 있었다. 분명히 높은 곳에서 추락한 것 같은데, 아무리 둘러보아도 사람이 올라갈 만한 높은 곳이 없었다. 이제야 그 의문이 풀린다.

"그때 천장에 매달려 있다가 추락했구나! 선율이가 외계 생명이라니······. 그렇다면 엄마는?"

"그건 몰라. 내가 모른다는 것은, 네 엄마가 외계 생명일 수도 있고 아닐 수도 있다는 거지. 아무튼 선율이는 지금도 위험한 상태야. 버티는 건 한계가 있어. 지금은 좋아지는 것처럼 보여도 곧 상태가 나빠질 거야."

"진짜?"

"그래. 몸속으로 침투한 악성 바이러스들이 총공세를 앞두고 엄청난 속도로 번식하고 있을 거야. 유감스럽지만 선율이의 몸은 그들을 감당할 수 없어. 죽는다는 뜻이지."

죽는다니? 아니, 그런 말을 믿으라는 것인가? 초율은 괜히 수족관 유리를 머리로 들이받는다. 파란별이 뒤따라온다.

"미안해. 그 말은 하지 않으려고 했는데."

"그냥 농담으로 한 거지? 그치? 죽는다니! 이제 고작 열일곱 살인데!"

초율은 뭔가 간절한 눈빛으로 파란별을 쳐다본다. 파란별이 그 눈빛을 피했다.

"그래, 고작 열일곱 살이야. 근데 선율이의 영혼이 사라지면 다른 사람의 영혼이 들어와. 그러니까 생물학적으로는 죽지 않는다는 뜻이야."

이건 또 무슨 말인가? 생물학적으로는 죽지 않는다고? 초율이 멍한 표정을 짓자, 파란별이 애써 밝은 목소리를 보내왔다.

"내가 말한 죽음이란, 선율이라는 생물학적인 몸에서 살고 있는 영혼이 사라진다는 것을 의미해. 만약 그놈이 선율이 몸에 있는 에너지들. 그러니까 지금까지 살아온 시간을 다 빼앗아 버린다면, 그때는 생물학적인 몸까지 죽게 돼. 근데 선율이는 다른 외계 생명이라 그렇게 할 수 없어. 그래서 바이러스로 공격한 거야. 그놈이 침투시킨 바이러스는 선율의 몸에서 사는 세포들을 공격해서 신체의 기능을 하나씩 지워 나가는 재래식 전쟁을 하는 거야. 몸을 지휘하는 영혼이 항복하지 않으면 결국 몸의 기능은 먹통이 되어 버려. 움직일 수도, 말할 수도 없게 돼. 그걸 아는 영혼은 그의 몸을 떠날 수밖에 없어. 그렇게 영혼이 떠나 버리면 바이러스들도 더 이상 세포를 공격하지 않고 사라지도록 설정되어 있어. 그러면 다른 외계 생명의 영혼이 그의 몸속으로 들어오겠지. 외계 생명이 살고 있는 생물학적인 몸에는 수많은 외계 생명의 영혼이 대기하고 있거든."

"그러니까 선율이가 사라져도 몸은 여전히 살아간다, 그런 뜻이야?"

"그래, 인간의 눈에는 아무런 일도 일어나지 않는 것처럼 보여. 어쩌면 그렇게 되는 것이 더 나을 수도 있어. 새로운 영혼이 들어오면 여러 가지 변화가 일어날 수 있거든. 선율의 성격이 바뀌고, 키도 더 커질 수 있고, 공부도 더 잘할 수 있고. 그런 변화가 일어난다는 거야."

초율은 혼란스럽다. 선율은 죽는 게 확실하다.

그런데 죽지 않는다고 한다. 아니, 죽어야만 살아날 수 있다고 한다. 오히려 지금보다 더 공부도 잘하고, 성격도 좋아진 상태로 업그레이드된다고도 한다.

"어쨌든 동생이 죽는데, 무슨 궤변이야?"

"그건 우리만 아는 사실이야. 인간의 현실에서는 달라지는 게 없어. 네 엄마도 몰라."

"아냐, 엄마는 알아. 알 거야. 어떻게 모를 수가 있어? 엄만데?"

"네 엄마는 선율이 친엄마가 아냐."

"뭐, 뭐라고?"

툭 튀어나온 초율의 눈이 더욱 커졌다. 파란별은 물구나무를 서듯이 거꾸로 헤엄쳐서 수족관 바닥으로 내려간다. 바닥에다 몸을 내려놓은 파란별이 상체를 흔든다.

"아이고, 이런 실수를 하다니."

"……말도 안 돼. 그럼 난? 나도 엄마의 친딸이 아냐?"

"아니, 넌 친딸이야. 정 의심스러우면 친자 확인 검사를 받아 봐. 원한다면 도와줄게."

좋다, 그가 친동생이 아니라고 하자. 그래도 선율의 영혼이 사라진다는 것은, 지금까지 한집에서 함께 살아온 동생이 죽는 것이다. 아무리 다른 영혼이 들어와서 생물학적인 몸이 옆에 있다고 해도, 선율은 죽은 것이다. 초율은 선율을 살릴 수 있는 방법이 없냐고 다그쳤다.

"없어."

"그러지 말고 도와줘."

"지구 의사들도 살릴 수 없는걸. 내가 무슨 수로?"

"그래도 뭔가 방법이 있을 거야."

"아니, 네 친동생도 아닌데……. 이해가 안 되네. 게다가 지구인들이 가장 중요하게 생각하는 몸이 그대로 살아 있잖아. 정 원한다면 그를 구할 수 있는 방법은 딱 하나뿐이야. 네가 가진 시간의 힘을 선율이에게 전해 주는 거야. 선율이는 우리랑 다른 별에서 왔지만, 유전자가 비슷해서 우리의 시간으로 치환이 가능해. 그의 신체가 우리보다 더 진화되어서 가능한 일이야. 왜냐면 우리는 그의 시간을 받아들일 수가 없거든. 우리가 그의 시간을 받아들여 봤자 아무런 의미가 없다는 뜻이지. 그런데 그는 우리의 시간을 받아서 자기 시간으로 바꾸는 세포를 갖고 있어. 그래서 가능한 거야. 다만 악한 바이러스의 공격을 받은 그의 몸을 정상으로 돌리기 위해서는 엄청난 양의 건강한 시간이 필요하다는 것이지. 다행히도 넌 사백 년이 넘는 시간을 축적하고 있으니까, 인간으로 살아갈 수 있는 시간, 넉넉하게 잡아서 백 년 정도만 남겨 놓고 다 보낼 수 있어. 그 정도 시간이 충전된다면 선율이의 몸도 정상으로 돌아올 거야. 선율이도 지구에서 삼백 년이 넘게 살아왔거든. 어쨌든 삼백 년이라는 시간이 네 몸에서 빠져나간다면 넌 평범한 지구인이 되는 거야. 그걸 회복하기 위해서는 사용한 만큼의 시간이 필요한데, 넌 인간으로 살고 있으니까 이제 다른 생명으로 변하는 것도 불가능하고, 죽으면 끝이야. 그럼 미러클 스타로 돌아갈 수 없는 거지."

"그래도 좋아."

"왜? 미러클 스타에서는 너의 또 다른 부모님이 기다리고 있어. 너의 형제들, 친척들 그리고 친구들이 기다리고 있다고. 넌 그들을 기억하지 못하지만, 그들은 널 기억하고 있어. 당연히 미러클 스타로 돌아가면 너의 기억도 다 복원될 거야. 넌 미러클 스타로 돌아가면 특별한 대접을 받아. 지금 너처럼 지구에서 임무를 마치고 돌아온 경우는 드물거든. 넌 거의 영웅 대접을 받으면서 행복하게 살 수 있어."

아, 나한테 또 다른 부모님이 계시구나! 보고 싶다. 초율은 가슴이 미세하게 떨린다. 어쩌지? 그렇다고 선율을 포기할 순 없다.

그건 논리적으로 설명할 수 없는 이치다.

"난 지금이 중요해. 왜냐면 우리 별에서의 시간은 아무것도 기억나지 않으니까. 그러니까 동생을 살려야 해. 설령 진짜 나를 낳아 주신 미러클 스타에 계시는 부모님께는 불효일지 몰라도, 그건 어찌할 수 없어. 난 기억나는 것이 더 소중해. 무엇이 더 현명한 선택인지 몰라도 지금은 그래. 미러클 스타에 계시는 부모님도 내 결정을 존중해 줄 거라고 믿고 싶어. 지금은 선율이를 살려 내는 게 더 중요하다 이 말이지. 그가 내 친동생이냐 아니냐도 중요하지 않아."

초율은 또박또박 말을 하다가 잠깐 침묵했다.

파란별은 계속 상체를 흔들었다. 물고기는 머리만 따로 움직일 수 없으므로 더 크게 흔들린다. 이윽고 파란별의 목소리가 울린다.

"믿기지 않아. 넌 분명 인간이야. 내가 아는 인간은 늘 이기적인 동물이야. 난 그들의 모든 문명을 보았어. 그건 너도 마찬가지야. 넌 그들이 성인이라고 하는 부처, 예수를 비롯하여 노자나 장자 같은 성인들의 삶을 연구해서 우리 별로 성과물을 보냈지. 그리고 이런 결론을 내렸단다. 인간은 이기적인 동물이다. 인간은 욕망의 동물이다. 그러니까 아무리 좋은 철학적인 가치를 말해도, 인간은 그걸 실천할 수 없다. 가령 공동체 삶을 살아간다고 하자. 그 공동체는 고급 승용차도 공동으로 소유한다고 쳐 봐. 그들은 고급 승용차를 함부로 굴리고 아끼지도 않을 거야. 왜냐고? 내 것이 아니까. 근데 소형차라고 해도 내 것이라면 어쩌겠니? 틈만 나면 닦고 광내고 아끼겠지? 인간이란 그런 존재야. 그래서 숱한 선지자들이 해탈하려고 했던 거야. 인간의 이기적인 한계를 벗어나려고 한 거지. 그건 이미 네가 내린 결론이야. 미러클 스타로 돌아가면, 넌 그런 강연을 많이 하게 될 거야. 그런 네가, 지금은 전혀 다른 말을 하고 있어. 너무도 모순되게. 친동생도 아닌데, 그를 위해서 모든 걸 희생하겠다니?"

"그것 역시 내가 기억할 수 없는 거잖아? 난 지금 눈앞에 보이는 현실만 생각할 거야. 나중에 후회할지라도 지금은 그래. 알려 줘. 내가 어떻게 하면 동생을 살려 낼 수 있는지. 내 시간을 어떻게 하면 동생에게 전해 줄 수 있는지."

저도 모르게 초율은 비장해졌다. 파란별은 계속 한숨을 쉬었다.

*

초율이 수족관에서 나오자 휴대폰이 울렸다. 정우 씨 전화였다. 마을 연극 때문에 늦게 들어간다고 하는 목소리에 힘이 느껴졌다. 아들이 퇴원했으니까 마을 연극을 계속할 작정이라고.

다행이다. 초율은 진심으로 정우 씨를 지지해 주었다. 그때 선율이 떠오른다. 초율은 괜히 울컥했다. 선율에 대한 비밀을 물어보고 싶은 충동으로 가슴이 떨린다. 초율은 가슴을 꼭 누른다. 그래, 정우 씨가 말할 때까지는 묻지 말자. 대신 파란별의 말이 사실인지 확인해 볼 작정이다.

초율은 수족관을 들여다보면서 유전자 검사를 해 보고 싶다고 중얼거린다.

수면 위로 떠 오른 파란별은 신중하게 판단하라고 속삭인다.

"인터넷에 친자 확인 검사라고 검색해 보면 유전자 검사를 해 주는 여러 업체가 나올 거야. 그중 신뢰할 만한 곳을 네가 골라. 그런 다음 그쪽이랑 통화하고 만나면 돼. 근데 직접 만나면 네가 미성년자니까 어렵다고 할 거야. 그러니까 만나는 자리에선 엄마로 변신하면 돼. 그게 가능하냐고? 넌 마음만 먹으면 뭐든 다 변신할 수 있어."

초율은 곧장 인터넷에 접속했다. 친자 확인 검사라고 검색어를 입력한다. 여러 업체가 뜬다. 그중 한 업체의 홈페이지에 접속했다. 예상보다 업체가 많다는 것은 그만큼 이용자가 많다는 뜻이리라. 모든 상담은 은밀하게 이루어지는 모양이다.

갑자기 선율의 방에서 쿵 소리가 났다. 깜짝 놀란 초율은 급하게 선율의 방으로 달려간다. 다행스럽게도 방문이 열린다. 선율은 침대에 쓰러져 있었다. 몇 번 흔들자 선율의 눈이 열린다.

"괜찮아?"

선율은 당황하면서 천장을 두리번거린다.

"응, 괜찮아."

지금까지 살아온 시간의 힘

 선율은 힘들어도 천장에 매달렸다. 그래야만 조금이라도 잠을 잘 수 있었다. 하지만 천장에 매달리는 시간이 점점 짧아지고 있었다. 자다 보면 은연중에 발톱의 힘이 풀리면서 아래로 추락하는 것이 점점 더 잦아졌다. 그때마다 엄청난 절망이 엄습했다.
 그래도 천장에 매달리는 걸 포기할 수 없었다. 그나마 침대 위에 매달리면 떨어져도 큰 충격은 없었다.
 날마다 몸무게가 줄어들었다. 몸이 시들고 있었다. 선율은 더 많은 물을 마시고, 평소보다 더 자주 라면도 끓여 먹었다. 아무리 그래 봤자 줄어드는 몸무게를 막을 수는 없다.
 머지않아 선율은 이곳을 떠나야 한다. 꿈에서 만난 누군가가 말해 줬다. 너는 곧 떠날 때가 되었다고. 그 얼굴은 희미했다. 정우 씨 같기도 하고, 초율이 같기도 하고, 소영 씨 같기도 했다.

꿈에서 만난 누군가는 그런 복합적인 존재였다. 꿈에서 만난 누군가는 그가 먼먼 외계의 별에서 온 존재라는 사실도 알려 주었다. 그곳이 어딘지, 얼마나 아름다운 곳인지, 얼마나 가야 하는지, 그런 잡다한 이야기도. 다만 기억하지 못할 뿐이다. 그와 비슷한 꿈이 되풀이되었다. 꿈에서 깰 때마다 몸과 마음이 조금씩 분리되는 것 같았다.

선율이 죽어야, 그의 몸이 살아난다. 선율이 죽어도, 그의 몸은 죽지 않는다. 선율은 떠나도, 그의 몸은 살아간다. 그러니까 아무도 선율의 죽음을 모른다. 또 다른 선율이 들어와서 살아가기 때문이다. 그게 위안거리다.

몸을 떠난 선율은 기억할 수 없는 곳으로 간다. 그래서 슬프다. 지금 눈앞에 있는 가족을 기억할 수 없다는 사실이 쓸쓸해진다. 생명이란 존재했던 곳을 떠나는 순간 지금까지 새겨 온 모든 시간의 기억을 다 놓아 버릴 것이다.

*

갑자기 선율의 몸 상태가 나빠졌다. 여전히 의사들은 그의 병명을 밝혀내지 못하고 있었다. 그러니 근원적인 치료가 불가능했다. 초율은 잠든 선율의 손을 꽉 잡아 주었다. 손깍지를 끼고, 눈꺼풀을 내리고 기도했다.

"아마도 그놈은 선율이의 목을 물어뜯었을 거야. 자기 몸속에 들어 있는 악성 바이러스를 상대방에게 퍼트리기 위해서는, 그게 가장 쉬운 방법이야. 목으로 바이러스를 침투시키면 가장 빠르게 온몸으로 퍼트릴 수 있거든. 너도 몸속에 있는 에너지, 즉 지금까지 살아오면서 축적해 온 시간의 힘을 상대의 몸속으로 퍼트려야 해. 그러니까 그놈처럼 하는 게 가장 빠르겠지. 하지만 그건 위험하기도 해. 너무 빠르게 너의 시간이 상대의 몸속에 퍼지면 예상할 수 없는 상황들이 생겨날 수 있거든. 상대의 세포들이 혼란을 일으켜서 자폭할 수도 있고, 돌연변이를 일으킬 수도 있어. 그러니까 천천히 너의 시간을 이동시키는 게 나을 거야. 더구나 상대는 우리 종족이랑 유전적으로 딱 일치하지 않으니까, 너의 시간을 자기의 시간으로 바꾸는 과정이 필요해. 절대 서둘러서는 안 된다는 거야. 사실 안전하면서도 빠르게 너의 시간을 상대에게 전달하는 방법이 있기는 해. 우리의 촉수를 이용하면 돼. 우리 몸에는 약 수십 개의 촉수가 숨겨져 있거든. 그 촉수를 상대의 몸에 다 연결하면 안전하고 빠르게 시간을 전달할 수 있어. 근데 그렇게 하기 위해서는 우리의 정체를 드러내야 해. 인간이 아니라 미러클 스타인의 모습으로 돌아가야 한다는 말이지. 아마 우리 본래의 모습을 상대가 보게 된다면 엄청 놀라고 혼란스러워할 거야. 그러니까 그 방법보다는 느긋하게 마음을 먹고, 틈나는 대로 선율의 손을 꼭 잡고 마음속으로 기도하는 수밖에 없어. 그러면

네 몸속에 있는 시간의 힘이 천천히 선율의 몸속으로 이동할 텐데, 선율의 몸이 자립할 수 있을 만큼 충분한 힘이 생기면 그때부터는 네 몸속에서 있는 시간의 힘이 빠져나가지 않아."

"우리가 촉수를 가지고 있는 생명체라 이거지? 대체 어떻게 생겼을까?"

"그건 나중에 자연스럽게 알게 될 거야. 어쨌든 너의 시간이 선율이의 몸속으로 들어가면, 그게 악성 바이러스의 공격으로 약해졌거나 죽어 가는 세포들을 치료해 주는 일을 해. 의사나 다름없다는 것이지. 그렇게 해서 다시 건강해진 세포들이 악성 바이러스를 제압하는 거야. 그 전투는 더디게 진행되니까 제법 시간이 걸려. 숨어 있는 바이러스를 찾아야 하니까 치열하게 머리싸움을 해야 해. 건강해진 세포는 바이러스에 내성을 갖고 있지만 서로 죽일 수 있어. 바이러스가 세포들끼리 오폭하도록 유도하거든. 자기편을 죽이게 한다는 뜻이야. 그럴 경우 몸이 더 망가질 수 있어. 그만큼 힘들고 오랜 싸움이야."

파란별의 말대로 선율은 천천히 기력을 회복하고 있었다.

선율의 손을 오래 잡고 있다가 일어나면 초율은 심한 현기증을 느꼈다.

갑자기 좋다가 나빠지기를 되풀이하는 선율의 몸 상태를 지구의 의학으로는 판단할 수 없었다. 그러니 입원과 퇴원을 되풀이하는 건 어쩔 수 없는 과정이었다.

정우 씨는 대체 의학 쪽으로 구원의 눈길을 보냈다. 용하다는 한의사를 찾아 나서고, 온갖 대체 의학을 수소문했다.

그게 아무런 소용이 없다는 것을 알면서도 초율은 말리지 않았다. 이미 체념의 경지에 들어선 선율의 눈을 볼 때마다 그 어떤 말도 할 수가 없었다.

선율도 자기 몸을 그 어떤 의술가나 주술가가 회복시킬 수 없다는 것을 알고 있었다. 그래도 정우 씨가 하자는 대로 묵묵히 따른다. 그것도 이별의 과정이라고 정리한 상태니까. 그래야만 정우 씨가 나중에 덜 아파할 테니까.

수족관에 머무는 초율의 시간도 짧아지고 있었다. 선율의 손을 잡고 있다가 일어서면 걷잡을 수 없이 현기증이 엄습하고, 그때마다 서둘러 수족관으로 들어갔다. 수족관에 들어오면 금방 숨이 찼다. 예전에 없던 증세다. 물고기가 물속에서 숨이 차다니? 뭔가 비정상이다. 그걸 본 파란별은 한숨을 내뱉는다.

"왜 물속에서 숨이 차냐고? 그걸 말이라고 하니? 넌 점점 평범한 인간이 되고 있어. 네 몸속에 있는 시간의 힘이 빠져나가면서, 우리 종족의 특징을 잃어 가고 있어. 이제 머잖아 넌 수족관에 들어올 수 없을 거야. 이제라도 다시 생각해 봐. 미러클 스타에 있는 부모님이 보고 싶지 않아?"

초율은 희미하게 웃었다. 물고기의 비늘에 그런 표정이 드러난다.

*

몸속에서 작은 꽃들이 피어나는 느낌이 든다. 언제부턴지 선율은 그렇게 느낀다. 몸속에서 꽃들이 피어난다는 것은, 몸속에서 알 수 없는 힘이 생겨난다는 의미가 아닐까. 아주 조금씩 팔과 다리에 힘이 생긴다.

선율은 잠에서 깰 때마다 누군가의 따뜻한 체온이 느껴진다. 누군가 선율의 손을 꼭 잡고 있었다. 당연히 정우 씨를 가장 먼저 떠올렸다. 살포시 뜬 눈에 들어온 실루엣은 알 수 없는 꽃송이다. 기분이 좋다. 정우 씨가 꽃송이로 변한 거라고 그의 뇌가 판단했다. 그러다가 꽃송이가 초율의 얼굴로 변하자 한동안 믿어지지 않았다. 꽃송이가 초율이라니!

"뭐야? 너 왜 이러는 거야?"

불쑥 선율이 손에다 힘을 주었다. 초율은 당황하면서, 누나가 동생 손을 잡고 있는 게 뭐 이상하냐고 천천히 손을 풀어 냈다. 그건 그렇다.

"그래도 이상해. 잠들 때마다 네가 내 손을 잡고 있었지?"

"그래, 내 동생 살려 달라고 기도했다. 앞으로도 그럴 거야. 네가 건강해질 때까지. 그니까 내 손이 잡기 싫으면 빨리 건강해지라고."

초율이 일어나려고 할 때, 선율은 재빠르게 그 손을 잡아당겼다. 제법 힘이 느껴진다. 그런 힘이 고맙다. 초율은 주춤하면서 앉는다.

"그래, 고마워."

"네가 어렸을 땐 나 많이 업고 다녔잖아? 헤헤헤, 갑자기 그 생각이 난다."

"아, 그랬던가? 난 그런 기억은 다 사라지고, 늘 너랑 비교당하던 순간만 기억나. 넌 뭐든지 다 잘하고, 난 뭐든지 다 못하고. 그런 네가 미웠던 적도 아주 많았고. 너랑 같은 학년이라는 게 싫었던 적도 많았고."

"그건 어린 시절이 아니잖아? 그래도 충분히 이해해. 나도 너한테 스트레스 주지 않으려고 나름대로 조심했는데."

"근데 돌아다니보니까, 비교당해서 남한테 열등감 느끼는 건 쓸데없는 일인 것 같아. 만약 다시 살아난다면 그런 거 무시하고 살 수 있을까? 너보다 공부 못해도, 아니 다른 애들보다 키도 작고 뭐 잘하는 것도 없고, 그래도 잘 살 수 있을까?"

그 말이 끝나기도 전에 초율의 손바닥이 어깨를 내리친다. 아야! 선율은 얼굴을 찌푸린다. 아픔이 온몸을 흔들어 댄다. 선율은 다시 한번 때려 보라고 소리치고 싶다.

"당연히 잘 살 수 있지. 그리고 넌 죽지 않아."

선율은 초율의 손을 더 강하게 잡아당겼다.

"넌 알고 있지?"

"뭘?"

"내가 곧 죽는다는 걸?"

"얘가 미쳤어!"

초율의 손이 다시 내리쳤다. 손맛이 매섭다. 그 손맛이 고맙다. 선율은 똑바로 초율을 올려다본다.

"너도 외계인이지? 맞지?"

초율의 눈빛이 심하게 흔들린다. 선율은 그걸 놓치지 않았다. 초율은 먼 허공으로 눈길을 보낸다.

"그럴 수도 있고, 아닐 수도 있겠지. 우린 어차피 어디서 왔는지 모르잖아? 죽어서 어디로 가는지도 모르고."

*

유전자 검사 업체에서 온 메시지를 확인했다. 의뢰한 검사 결과가 나왔으니까 미납한 검사비를 완납해 달라는 내용이다.

검사비의 절반은 샘플인 가족의 머리카락을 건네줄 때 지급하고, 나머지는 검사 결과가 나올 때 완납하기로 계약한 상태였다. 나머지 금액을 송금하자 검사 결과가 메시지로 날아온다. 초율은 길게 날숨을 뱉어 낸다. 괜히 숨이 떨린다. 두렵다.

어느 순간부턴지 파란별이 적극적으로 유전자 검사를 권한 건 사실이다. 가족의 유전적인 지도가 공개되면 초율의 마음이 달라질 거라고 판단한 모양이다.

초율은 이틀간 친자 확인 업체를 검색하고 상담했다. 정우 씨 이름으로 상담에 응했다. 검사 업체 직원이랑 통화할 때는 음성조차 정우 씨의 목소리로 변조했다.

대면으로 계약을 체결할 당시엔 초율은 정우 씨로 변신한 상태였다. 누군가로 변신을 한 것은 처음이었다. 초율은 자신이 이런 능력을 갖고 있다는 사실이 믿어지지 않았다.

"이 능력을 자주 사용할 수는 없어. 이렇게 다른 사람으로 변신할 때마다 엄청난 시간의 힘이 소모되거든. 더구나 넌, 너의 특별한 힘을 날마다 선율이에게 흘려보내고 있잖아? 그러니까 머지않아, 이런 특별한 능력도 사라지게 돼. 이런 변신의 마법을 사용하려면 적어도 삼백 년 이상의 축적된 시간의 힘이 필요하거든."

파란별은 특별한 능력이라는 말을 몇 번이나 강조했다. 이 일의 특성상 철저하게 비밀을 지켜 주며, 친자 확인 검사에 필요한 것을 채취할 때도 직원이 방문했다. 정우 씨랑 비슷한 또래의 여직원은 어떤 법적인 문제를 해결하기 위해서 친자 확인을 하는 게 아니라고 하자 별다른 것을 묻지도 않았다.

어쨌거나 친자 확인 검사 업체 직원이 내미는 계약서에 서명했다. 다만 검사비는 분할 납부하기로 했다.

직원은 그렇게 하시라고 하면서, 검사를 의뢰하는 가족의 머리카락을 충분히 확보해서 달라는 말을 덧붙였다. 그렇게 가족의 머리카락을 전달하고 2주 뒤에 검사 결과가 나왔다는 연락을 받은 것이다.

다운로드한 파일이 열린다. 정우 씨와 초율의 유전자는 일치, 정우 씨와 선율의 유전자는 불일치라고 표기되어 있었다. 초율과 선율의 유전자도 불일치다. 그러니까 선율은 생물학적으로 초율이 친동생이 아니다. 그들은 쌍둥이가 아니다.

세상이 무너지는 기분이었다. 내가 왜 이런 검사를 했을까. 초율은 침대 이불을 뒤집어쓴 채 마구 자신을 타박했다.

파란별은 수족관으로 들어온 초율을 왼쪽 가슴지느러미로 툭툭 친다.

"막상 알고 나니까, 기분이 어때? 난 이런 경우가 없어서 그 감정을 헤아릴 수가 없어. 배신감이 들까? 아니면 허탈함? 대체 어떤 감정일까? 한 핏줄이 아닌데, 가족으로 살아왔다니! 그걸 어떻게 받아들일까? 걱정이 되기도 해."

초율은 아무런 말도 하지 않았다. 굳이 표현하라면, 그냥 먹먹하다고나 할까. 한 핏줄이 아닌데, 어떻게 가족이 되었을까. 그런 의구심이 맹렬하게 끓어오른다.

그때마다 초율은 지느러미로 춤을 추듯이 몸을 흔들면서 냉정해진다. 여기까지다. 더 이상 파헤치지 않을 것이다. 때가 되면 정우 씨가 스스로 이 관계를 밝힐 것이다. 그때까지 기다려 주는 것이 예의다. 그렇게 정리하자, 파란별에게 할 말도 없다.

오늘따라 파란별의 목소리가 수다스럽게 들린다.

"나라면 감정이 달라질 텐데. 나랑 유전자를 공유하지도 않았잖아? 그렇다면 명확해지는 거 아냐? 친동생도 아닌데, 그를 위해서 너희 모든 것을 다 줄 필요가 없잖아? 네 목숨이나 다름없는 시간의 힘을, 왜 다른 유전자에게 준다는 거니? 인간이란 지구상에 사는 생명체 중에서 가장 이기적인 것들이야. 그렇다면 넌 당연히 내 말을 들어야 해. 지금이라도 그에게 주고 있는 너의 특별한 에너지 공급을 중단해야 해. 그리고 넌 미러클 스타의 가족이 기다리고 있는 곳으로 돌아가야 해."

초율은 파란별의 초음파 언어가 약해질 때까지 침묵했다. 가슴이 답답했다. 한참 있다가 수면으로 떠오르면서 말했다.

"그래도 달라지는 건 없어. 선율이 내 친동생이 아니라고 해도. 우린 가족이니까."

나도 외계인이 아닐까?

수족관에는 새로운 금붕어가 와 있었다. 온통 까만색 바탕에 지느러미가 무지개색이었다. 그는 미러클 스타에서 온 비밀경찰이라고 짧게 자신을 소개했다.

초율이 혼자 왔냐고 묻자, 비밀이라고 했다.

그는 서강을 수배자라고 불렀다. 이곳에 오자마자 그를 검거하려고 하다가 실패한 사실도 들려주었다. 이미 그가 알고 달아났다고 하면서.

"수배자가 숨어 버려서 찾는 게 쉽지 않을 것 같아."

"아니, 그럼 나타나지 않으면 잡을 수 없다는 거야?"

초율은 답답한 눈빛으로 비밀경찰을 곁눈질했다.

비밀경찰은 무지개색 꼬리를 우아하게 흔들면서 똑바로 수평을 유지했다.

"아니, 그렇지는 않아. 다만 시간이 더 걸릴 뿐이지. 어쨌든 그놈은 다시 나타날 거야. 이번에는 너를 노릴 거야. 지금 그놈은 너의 도움으로 선율이 살아나고 있다는 것을 알고 있어. 당연히 초율이 네가 미러클 스타인의 힘을 잃어 가면서 지구인으로 평범해지고 있다는 것도 알고 있지. 그러니까 반드시 널 노릴 거야. 조심해."

"결국 내가 미끼가 된다는 뜻이군?"

"걱정 마. 그놈이 널 해치지 못하도록 지켜 줄 테니까!"

비밀경찰은 깊은 밤이 되어야 수족관으로 들어왔다. 수족관에 금붕어가 네 마리까지 늘어난 적도 있고 아예 텅 빈 적도 있었다. 그런 날은 파란별까지 비밀경찰과 함께 어디론가 나갔음을 알 수 있었다.

*

1학년 마지막 기말고사 성적을 확인했다. 전체 1등 고지에 오른 사람은 윤하였다. 어쩐 일인지 서강은 시험을 절반만 치르고 나머지는 포기했다고 한다.

그뿐만이 아니다. 며칠째 학교에도 나오지 않았다. 초율은 전체 20위권 밖으로 밀려난 상태였다. 아무도 그런 초율이 이상하다고 말하지 않았다. 아쉽기는 해도, 초율은 오히려 담담해진다.

마을 연극에 몰두하는 정우 씨 얼굴에도 생기가 넘친다. 정우 씨가 보여 준 연극 대본은 팔십 년이라는 인간의 나이테를 가진 김밀례 할머니의 이야기다. 그녀는 작가가 되기 위해서 늦깎이 글공부에 빠져들었다. 그녀는 글공부를 가르치는 선생님에게 이렇게 부탁했다.

"저한테 꼭 글 쓰는 법을 알려 주세요. 저는 머잖아 제 별로 돌아가야 합니다. 근데 빈손으로 갈 수 없잖아요? 지구에서 살았던 이야기를 글로 써서 가져가려고 합니다. 그러니 도와주세요."

정우 씨는 지인의 소개로 김밀례 할머니를 소개받고, 그녀의 이야기를 대본의 씨앗으로 확정했다. 연극 대본을 본 초율은 대본 속 어린 소녀의 시간을 몇 번이나 떠올렸다.

소녀의 가족은 자동차를 타고 가다가 큰 교통사고를 당하는데, 눈을 떠 보니 혼자만 살아 있었다. 부모님을 비롯하여 오빠도 사망한 상태였다.

너무 슬프면 눈앞의 현실이 비현실적으로 느껴진다. 소녀는 제대로 울지도 못했다. 어른들은 그런 소녀가 불쌍하다고 위로해 주었다. 시간이 흐르면서 그런 분위기가 달라졌다.

혼자만 남은 소녀를 키우던 고모할머니의 눈빛이 이상해진다. 어느 날부터 고모할머니는 소녀에게, 네가 아비를 잡아먹었다고, 네가 어미를 잡아먹었다고 소리쳤다. 심지어 너 대신 오빠가 살았어야 한다는 말까지 했다.

그때마다 소녀는 먹은 밥을 다 토해 냈다. 괜히 죄를 지은 것 같았다. 죽고 싶었다. 소녀는 두 번이나 자살을 시도했다. 그럴수록 고모할머니의 구박은 더 심해졌다.

어느 여름날 소녀는 멍하니 방 안에 있다가 벌레 한 마리가 꿈틀꿈틀 기어가는 것을 보았다. 고모할머니가 그걸 보고 빗자루로 마구 내리쳤다. 고모할머니는 몸이 뒤집힌 벌레를 마당으로 던져 버렸다.

소녀는 마당에 나가서 그 벌레를 보았다. 죽은 줄 알았던 벌레가 다시 꿈틀꿈틀 기어갔다. 제법 큰 풀줄기로 올라갔다. 소녀는 날마다 벌레를 찾아갔다. 어느 저녁 무렵 그 벌레가 땅속으로 들어갔다.

다음 날 그곳을 파 본다. 번데기가 보였다. 소녀는 그 번데기를 작은 통에 담아서 자기만의 비밀 장소에다 보관했다. 20일 정도 지났을까. 아침에 가서 보니까, 분홍색 나방이 나와 있었다. 뭉클, 눈물이 났다. 소녀는 나방에게 손을 뻗었다. 나방이 소녀의 손을 타고 오른다. 소녀는 가만히 나방을 마주 본다.

죽지 않고 살아 줘서, 잘 살아 줘서 고마워. 저도 모르게 중얼거린다.

나방은 소녀를 똑바로 보고 있다가 천천히 날개를 떨기 시작한다. 날기 위해서 예열하는 중이었다. 점점 날갯짓이 강해지더니, 어느 순간 그 동체가 떠오른다. 동체는 수직으로 이륙하여 소녀의 얼굴 주위를 돌다가, 허공으로, 먼 우주로 사라졌다.

그때부터 소녀는 죽지 않겠다고 다짐했다. 생물학적인 생을 다 마치고 우화하여 먼 세상으로 갈 때까지, 하루하루 벌레처럼 열심히 살겠다고. 그런 힘으로 청소년기를 굳세게 버티어 낸다는 이야기였다.

김밀례 할머니는 진짜 외계인이구나! 초율은 그렇게 확신했다.

김밀례 할머니 역할을 하는 배우는 소영 씨다. 처음에는 단호하게 거절했다. 그러다가 자신의 엄마가 그 할머니랑 같은 나이라는 것을 알았고, 며칠간 생각에 잠기더니 허락했다.

정우 씨는 소영 씨의 연기가 너무너무 실감 난다고 칭찬을 아끼지 않았다. 나이 든 현재와 어린 소녀의 시간, 즉 시간차를 극복하는 연기를 해야 하니까 결코 쉬운 게 아니다. 언젠가는 정우 씨도 그런 연기를 해 보고 싶다는 말도 흘렸다. 그런 정우 씨를 볼 때마다 초율은 뭔가 든든해진다.

불안하기는 해도 하루하루가 탈 없이 흘러갔다. 그렇게 가족의 일상이 굴러가는 것만으로도 행복할 수 있다는 사실을 새삼 깨달았다.

*

침대에서 잠들면 어느새 초율이 와서 손을 잡아 주었다. 은연중에 선율은 그런 순간을 기다렸다. 따뜻한 초율의 체온이 느껴지는 순간 선율은 아득해지면서 몸이 떠오르는 기분이다.

달빛이 하염없이 흘러내리는 허공의 심연 속으로 헤엄쳐 갔다. 두 팔을 위아래로 흔들었다. 팔과 몸통 사이에서 얇은 피부가 펼쳐지면서 근사한 날개로 변한다. 그런 상상을 하면서 더 깊은 수면 속으로 빠져든다.

이제 날마다 클라이밍 체육관에 갈 수 있다. 그만큼 몸이 단단해지고 있었다.

강사인 박 선생님도 선율이 아프다는 걸 알고 있었다. 그는 걱정과 안도가 교차하는 눈빛을 뿌렸다.

"너 괜찮아? 무리하지 마라."

선율은 예전보다 느려도 훨씬 안정감이 있게 오른다.

선율의 몸은 인공 암벽에 여전히 잘 달라붙는다. 뾰족한 바위와 바위 사이를 오를 때는 팔이 순식간에 길어지면서 어디건 다 붙잡을 수 있다. 작은 체구가 전혀 불편하지 않다. 선율이 끝까지 오를 때마다 박 선생님의 박수 소리가 커졌다.

"야, 넌 정말 타고났다, 타고났어. 나랑 같이 운동하자! 대회 준비하잔 말이다!"

선율은 눈만 껌벅이면서 고개를 숙일 뿐이다.

"감사해요. 근데, 전 누구랑 경쟁하고 싶지 않아요. 그냥 이렇게 즐기면서 살래요."

"야, 그러기엔 네 재주가 너무 아까운데. 이건 재능이라고!"

선율은 고맙다는 말을 되풀이할 뿐이다.

집으로 오다가 편의점 앞에서 윤하하고 마주쳤다. 왠지 윤하의 얼굴이 어둡다. 전교 1등이라는 깃발을 차지했는데, 왜 표정이 밝지 않을까.

뭐라 물어볼 수도 없다. 윤하가 억지로 웃으면서 다가온다.

"선율아, 너한테 할 말이 있어."

"뭔데?"

"아, 여기서는 곤란하고. 너희 집으로 잠깐 가자."

선율은 곤란하다는 눈빛을 보였다. 집에는 초율이 있을지도 모른다. 둘의 관계가 썰렁하다는 것을 잘 알고 있다. 선율은 카페를 언급했다. 윤하가 계속 고개를 흔들었다. 어쩔 수 없다.

다행히도 초율은 집에 없었다. 선율이 화장실에 갔다가 나오자 거실에 있던 윤하가 보이지 않았다. 윤하는 초율의 방에 있었다.

"거기서 뭐 해?"

흠칫 놀라며 윤하가 뒤돌아보았다.

"물고기 밥 주는 거야. 오랜만에 초율이 반려 물고기 보고 싶어서."

순간 뭔가 비명 같은 소리가 고막에서 울렸다. 선율의 귀가 멍해졌다. 그건 인간의 청각으로는 포착할 수 없는 소리였다.

뭔가 불길한 느낌이 꿈틀댔다. 선율은 서둘러 초율에게 전화를 걸었다. 초율의 방에서 휴대폰이 울렸다. 휴대폰이 침대 이불 속에 묻혀 있었다.

"어, 휴대폰 두고 어디 갔지?"

책상 아래 초율의 가방이 뒹굴고 있다. 현관으로 가 보니 초율의 신발도 보였다.

선율은 당황하면서 소파에 앉아 있는 윤하를 쳐다본다.

"나한테 할 말이 뭐야?"

"응, 특별한 건 아니고……. 너 서강이 어디 갔는지 아냐고? 갑자기 연락이 안 돼서, 무슨 일이 있나 해서."

그만 맥이 풀린다. 아니, 그걸 물어보려고 굳이 집까지 왔단 말인가.

"아, 나도 몰라. 나 급한 일이 있어서 그러니까, 다음에 보자. 나가 봐야 해."

윤하가 선율의 눈치를 보더니 먼저 현관으로 걸어간다.

"아, 그래. 담에 초율이 있을 때 한번 올게. 그동안 초율이랑 너무 데면데면하게 지내서. 그럴 필요가 없는데."

그 말을 들으니, 윤하를 집으로 데려온 게 헛수고가 아니라는 생각이 들었다. 윤하가 집을 나가자, 다시금 초율의 방에 가서 둘러본다. 지난봄에도 이런 적이 있었다. 가방이랑 휴대폰을 방 안에다 두고 감쪽같이 사라져 버린 그날이 떠오른다.

서강이랑 라면을 먹고 있다가 갑자기 나타난 그녀를 보고 얼마나 놀랐는지 모른다. 제발 그때처럼 아무 일이 없어야 할 텐데.

"대체 어딜 간 거야?"

요즘 자주 아파서 그런가. 도무지 불안해지는 몸을 달랠 수가 없다.

선율은 무작정으로 밖으로 나가서 아파트 주위를 서성거렸다. 결국 정우 씨가 일하는 가게까지 갔다. 선율은 신발까지 그대로 놓은 채 초율이 사라져 버린 상황을 설명했다. 정우 씨가 경찰에 신고했다. 소영 씨는 믿을 수 없다고 고개를 흔들어 댄다.

"왜 이렇게 안 좋은 일이 계속 일어나는지 모르겠어."

*

죽음에서 깨어난다면 이런 기분일까. 오랫동안 잠들어 있던 씨앗이 새싹을 틔워 내고 깨어난다면 이런 기분일까. 의식을 잃고 병원에서 깨어날 때와는 또 다른 느낌이다. 꼭 다른 세상으로 이동한 기분이다. 가늘고 부드러운 수십 개의 촉수가 초율의 몸에 빽빽하게 붙어 있다.

이게 뭐지? 초율은 자기 옆에 있는 둥글둥글한 생명을 확인했다. 팔다리가 없다. 얼굴도 보이지 않는다. 몸통은 영락없이 양파 모양이다. 다만 몸통의 꼭짓점이 날카롭게 위로 쭉 뻗어 있는 것이 양파랑 다르다. 그 꼭짓점에서 반달 모양의 눈이 꿈틀거린다.

두 개의 눈에서는 푸른색 빛이 새어 나온다. 초율의 몸에 연결되어 있던 촉수들이 떨어지면서 그 동글동글한 것의 몸속으로 사라졌다.

"괜찮니? 초율아, 괜찮은 거지?"

파란별의 초음파 언어였다. 상대의 몸이 연한 분홍색으로 물들어 간다. 양파 모양으로 생긴 두 생명이 수족관 바깥에 나란히 붙어 있었다.

"뭐지? 네가 설마 파란별이야?"

"그래. 내가 파란별이고, 넌 초율이고."

"어떻게 된 거야?"

"이게 원래 우리의 모습이야. 미러클 스타에서는 이런 모습으로 살아. 왜, 실망했어? 인간처럼 우아하지 않아서?"

초율은 수족관 유리에 투시된 자기 모습을 다시 확인했다. 크기도 보통 양파랑 비슷했다. 몸통 아래쪽에는 작은 촉수들이 유리에 붙어 있다.

내가 이렇게 생겼구나! 한동안 멍해진다.

"모르겠어. 내 원래 모습이 이렇게 작은 생명일 줄은 몰랐어. 그게 놀라워. 근데 어떻게 된 거야? 너무 피곤해서 수족관에 들어오자마자 잠이 들었던 것 같은데."

파란별은 자꾸만 수족관 아래로 미끄러진다. 유리에 밀착된 촉수의 압력이 약해지고 있었다. 초율도 아래로 미끄러져 내려간다.

파란별은 책상 아래로 내려가더니 그 옆에 있는 침대 쪽으로 기어간다. 초율도 따라간다. 침대 밑에는 온갖 먼지가 가득 쌓여 있었다.

"수족관으로 들어가면 될 걸, 왜 이 어두운 곳으로 온 거야?"

"이제 수족관에는 들어갈 수 없어. 수족관은 지옥이야."

"그게 무슨 말이야?"

"네가 수족관에 들어와서 잠이 들자마자 윤하가 찾아왔어."

초율이 정말이냐고 물어본다.

"우린 서로 알은체하지도 않고 지내는데?"

"몰라. 선율이 따라서 집에 왔어. 암튼 걔가 수족관에다 소금과 식초를 쏟아부었어. 엄청난 양이야. 내가 어떻게 대처할 수 없을 정도로 순식간에 벌어진 일이야."

"뭐? 걔 미친 거 아냐? 민물고기가 사는 수족관에다 소금이랑 식초를!?"

"네 반려 물고기라고 알려진 날 죽이기 위해서 그런 거야."

"아니, 걔가 왜 그런 짓을 해? 이제 내가 성적도 걔보다 낮고, 서강이 그놈이랑 엮이지도 않는데!"

"오늘 서강이가 놀이터로 윤하를 불러냈어. 오늘이 그놈이랑 윤하가 만난 지 100일째 되는 날이야. 그놈은 윤하에게 진심으로 널 좋아한다고 하면서 커플 반지를 주었어. 그러면서 이상한 부탁을 했어. 네가 키우는 물고기를 없애 달라고. 자꾸 그 물고기가 떠오르고 기분이 나쁘다고 말이야. 그 물고기가 사라져야 널 잊을 것 같다고 한 거지. 그러면서 소금이 든 봉지랑 식초가 든 작은 병을 주면서 이것 수족관에다 쏟아 버려 달라고 했어. 윤하는 가만히 듣고 있다가, 그 정도 일이라면 별문제가 없다고 대답했어. 그놈하고 사귀기 위해서라면 그까짓 일은 아무것도 아니라고 판단한 거지. 당연히 윤하는 네가 수족관에서 자고 있을 줄은 상상도 못 했을 거야. 그러니까 그놈은 윤하를 이용하여 너를 살해하려고 한 거야. 그놈은 네가 학교에서 돌아오면 수족관 안에서 쉰다는 걸 잘 알고 있거든. 곧 선율이 클라이밍 운동을 마치고 돌아오니까, 기다렸다가 같이 들어가면 될 거라고 부추겼지."

"근데 내가 어떻게 무사한 거지? 윤하가 어항에 소금이랑 식초를 뿌렸다면…… 아, 끔찍해."

"아, 그건 말야……."

파란별은 거칠게 숨을 내쉰다. 연분홍색 피부가 희끗희끗 변하고 있었다. 초율은 파란별의 말을 들으면서도, 어서 수족관 물을 교환해서 파란별을 쉬게 해야 한다고 생각했다.

*

거실에는 선율과 정우 씨, 소영 씨가 앉아 있었다. 이제 삼십 분만 지나면 자정이다. 경찰관은 간단하게 조사를 마치고 돌아간 상태였다. 정우 씨는 얼굴이 보이지 않을 만큼 긴 머리카락을 늘어트린 채 눈물 바람을 하고 있었다.

"대체 왜 이런 일이 계속 일어나는 걸까? 제발 아무 일이 없어야 할 텐데."

소영 씨가 정우 씨 손을 잡고 토닥거린다.

"괜찮을 거야. 아무렇지도 않게 나타날 테니까 두고 봐. 초율이 걔는 널 닮아서 야무져."

소영 씨는 억지로 상대를 위로하고 있다. 지금은 그럴 수밖에 없다. 때론 말도 안 되는 식으로 대응해야만 버틸 수 있으니까. 초율의 휴대폰이며 신발, 가방이 모두 집 안에 있었기 때문이었다.

경찰은 초율의 물건이 모두 집 안에 있다는 사실에다 무게를 두고, 혹시 아파트에서 투신을 한 게 아닌지 면밀하게 조사했다. 한동안 경찰과 아파트 경비원들이 근처를 샅샅이 뒤졌다.

다행스럽게도 투신한 흔적이 없었다. 혹시 납치당한 건 아닐까. 경찰은 CCTV를 꼼꼼하게 분석했다. 초율이 누군가에게 끌려 나가는 장면도 보이지 않는다. 그렇다면 집 안에서 어디론가 증발해 버렸다는 뜻인가. 그 말을 들었을 때 정우 씨는 어처구니없는 눈빛으로 경찰을 보고 하소연했을 뿐이다.

"그래서요? 우리 딸이 외계인이라도 만나서 어디론가 사라졌다는 뜻이에요?"

"그게 아니고요. 그만큼 황당하다는 뜻이죠. 암튼 관내 모든 경찰에도 공조하고 있으니까, 행방을 찾으면 바로 연락드리겠습니다. 또 모르죠. 요즘 청소년들은 워낙 알 수가 없으니까요. 어디 피시방 같은 곳에서 시간 가는 줄 모르고 게임하다가……."

정우 씨는 반박조차 하기 싫은 눈빛으로 고개를 흔들었다. 경찰관이 사라지자 집 안에는 한동안 침묵이 흘렀다. 아무도 말을 하지 않았다. 그 침묵을 깨고 소영 씨가 나타난 것이다. 정우 씨는 소영 씨를 끌어안고 한동안 눈물 판을 벌이더니, 이내 마음을 다 잡고 물을 끓였다.

커피포트가 거칠게 김을 내뿜기 시작할 때, 초율의 방문이 열렸다. 발소리도 났다.

"야, 정초율!"

선율은 저도 모르게 소리를 지른다.

"초율아!"

정우 씨도 달려간다.

초율은 수족관을 안고 있다가 깜짝 놀라는 눈빛으로 쳐다볼 뿐이다.

"다들 지금까지 안 자고 왜 이래?"

정우 씨가 엉거주춤 초율을 끌어안았다. 초율은 수족관 때문에 불편해하다가, 무슨 일이냐고 눈빛으로 선율에게 물었다. 선율은 정말 모르냐고 눈을 깜박인다.

"내 새끼! 고맙다, 고마워! 엄마 앞에 탈 없이 다시 나타나 줘서 고마워!"

"엄마, 이게 무슨 말이야? 어, 소영이 이모도 계시네요? 아니, 이게 대체……."

소영 씨가 천천히 다가와서 초율의 볼을 쓰다듬었다.

"거봐, 내가 아무렇지도 않게 나타날 거라고 했잖아? 일단 경찰에 연락부터 하자. 초율이 집에 왔다고……. 적당히 잘 말해. 괜히 또 경찰에서 오라 가라 할 수 있으니까."

어차피 모든 상황은 그 어떤 논리로도 납득할 수 없으리라.

초율은 온갖 물음에 이렇게 답했다.

"난 그냥 침대에서 자다가 나왔을 뿐이야."

그러니 뭐라 더 물을 수도 없는 상황이다. 방 안을 수백 번도 더 뒤졌다는 말이 무슨 소용이랴. 경찰관들이 창문들까지 다 조사를 다 했다는 말조차 무의미했으니까.

"근데 왜 잠에서 깨자마자 수족관을 들고 나온 거야?"

선율은 초율의 행동에 납득할 수 없었다. 초율은 이렇게 대답했다.

"꿈에서 금붕어가 물이 더럽다고 했어. 그래서…… 헤헤헤."

초율은 곧장 화장실로 갔다. 한참 동안 수족관을 청소하고 새 물을 채워서 자기 방으로 들어갔다. 정우 씨는 몇 번이나 초율이 방문을 두드렸다. 초율은 문을 살짝 열고 얼굴을 내밀었다. 그걸 본 정우 씨가 안도하는 눈빛이었다.

"이제 그만 확인해. 초율이 도망 안 가."

소영 씨가 환하게 덧니를 드러내면서 웃는다.

"그래도 불안해. 아무런 말없이 진짜 외계인처럼 떠나 버릴까 봐."

"외계인 이야기를 연극에 올리다 보니까, 자꾸 외계인 생각이 나나 보다."

"그런가 봐. 요즘 그런 생각을 많이 해. 나도 외계인이 아닐까? 어차피 어디서 왔는지도 모르고, 죽어서 어디로 가는지도 모르잖아? 자식들도 내가 낳았지만 어디서 왔는지는 모르잖아? 그런 생각을 자주 해."

선율은 그녀들의 도란거림을 들으면서 자기 방 천장에 매달렸다. 만약 자신이 외계인이라는 것을 안다면 정우 씨와 초율은 어떻게 반응할까. 언젠가는 자신의 정체성을 밝혀야겠지.

아니다, 아니다. 다들 그냥 이렇게 살아가는지도 모른다. 선율은 은연중에 초율을 떠올린다. 만약 초율이 외계인이라면 어디에서 잠을 잘까.

"아, 그렇구나! 왜 그걸 몰랐을까. 그랬던 거야!"

초율이 잠에서 깨어나자마자 수족관을 안고 나온 이유를 이제야 알 것 같다. 선율은 수족관 속으로 들어가는 초율을 상상한다.

*

뽀글뽀글 공기 방울이 수족관 물을 신선하게 걸러 주었다. 파란별은 공기 방울 앞으로 헤엄을 치다가 이내 중심을 잃고 몸이 뒤집힌다. 그런 상태로 둥둥 떠다닌다.

초율이 수족관 밖에서 두 손으로 파란별의 동체를 바르게 잡아 주어도 이내 뒤집히고야 말았다.

"괜찮아. 이게 더 편해."

파란별이 말해도 초율은 다시 그의 동체를 바로잡았다. 그래 봤자 초율이 허리를 펴기도 전에 그는 다시 뒤집혔다. 초율도 포기하지 않는다.

다시 바로 세우고, 뒤집히면 다시, 다시, 다시…… 그러다가 어느 순간부턴지 파란별의 말소리가 들리지 않는다. 잠이 든 모양이다. 초율은 그의 잠을 방해하지 않으려고 한 걸음 물러난다.

침대에 누웠다. 눈을 감아도 잠이 오지 않는다. 틀림없이 그놈이 나타날 것이다. 오늘은 비밀경찰도 보이지 않는다. 지금 어디서 뭘 하고 있는 걸까.

괜히 불안해진다. 그동안 식구들에게 있었던 일들이 파노라마로 떠오른다. 지금까지 살아온 모든 기억의 주름이 출렁거린다. 얼마나 시간이 흘렀는지 모른다.

거실에서 도란거리던 정우 씨와 소영 씨의 말소리도 잠든 지

오래였다. 다시 시간을 확인했다. 세 시 십오 분이다. 아무래도 오늘은 이렇게 뜬눈으로 보내야 하나 보다.

초율은 억지로 눈을 감았다. 그와 동시에 서강이 떠오른다. 어디선가 서강의 목소리가 들린다. 히히히, 웃고 있다. 그 소리가 점점 크게 울리자 저절로 눈이 열리고, 저도 모르게 상체를 일으킨다. 바로 앞에서 서강이 웃고 있었다. 초율은 놀라지 않았다.

"뭐야? 이젠 날 보고 놀라지도 않네!"

"비겁한 놈. 아무것도 모르는 윤하를 이용해서 날 죽이려고 하다니……."

초율은 슬그머니 주위를 두리번거린다. 비밀경찰은 숨소리도 들리지 않는다.

책상에 걸터앉은 그가 상체를 흔들면서 웃는다.

"하하하! 그래그래, 그 계획대로 되었다면 저 재수 없는 늙은 비밀경찰처럼 너도 수족관에 둥둥 떠다니고 있어야 하는데. 네가 멀쩡하다는 사실이 너무너무 짜증 나! 미치겠어! 윤하 걔는 헛똑똑이야. 그렇게 간단한 것도 제대로 할 줄 모른다니까! 근데 더 잘된 일인지도 몰라. 너의 마지막을 윤하한테 맡기는 건 왠지 찝찝했거든. 이제 널 없애고, 난 멀리멀리 떠날 거야. 넌 찌질이 정선율에게 살아온 시간을 다 퍼 줬으니, 이제 나한테 대항할 수도 없고 말이지."

서강이 손을 뻗자, 그 손가락에서 연초록색 촉수가 뻗어 나와 초율의 몸을 칭칭 감았다. 그가 눈에다 힘을 준다. 촉수가 쇠줄로 변해서 초율의 몸을 조인다.

아프다. 저도 모르게 비명을 지른다.

"그래, 더 크게 비명을 질러 봐. 여기서는 폭탄을 터트려도 거실에서는 아무런 소리도 들리지 않을 테니까!"

초율은 눈을 감고 입술에다 힘을 준다.

"널 어떻게 죽여 줄까? 어떻게 하면 최대한 고통스럽게……."

쇠줄이 철조망으로 변했다. 초율은 철조망이 토막토막 끊어지는 상상을 한다. 삽시간에 철조망이 토막토막 끊어졌다. 그의 눈이 빨갛게 타오른다.

"뭐야? 넌 미러클 스타인의 힘을 잃고 평범한 인간이 되었을 텐데!"

"그래, 난 평범한 인간이야. 그래도 너 같은 악마 하나쯤은 싸워 이길 수 있어!"

"뭐, 뭐라고? 이건 말도 안 돼……!!"

서강이 뭐라고 소리치면서 눈을 깜박인다. 눈 속에서 이글거리던 거대한 불덩어리가 튀어나왔다. 단숨에 살아 있는 것들을 재로 만들어 버릴 만큼 뜨거운 불덩어리다. 초율은 그 불덩어리가 팝콘으로 터지는 상상을 한다. 하얀 팝콘이 사방에서 떨어진다.

"이제 알겠지? 평범한 인간의 힘이 얼마나 강한지. 배고프면 그거나 주워 먹든가. 자, 어서 두 손 내밀어. 잘 협조하면 내가 비밀경찰에게 인계하면서 선처해달라고 부탁할 수도 있거든."

서강은 당황하면서 전기뱀장어로 변했다. 그와 동시에 엄청난 전류가 초율을 덮쳤다. 순간 초율이 흔적도 없이 사라졌다.

"가만두지 않겠다! 어딨어? 숨어 봤자 여기서 탈출할 수 있을 것 같아? 아까부터 주위를 두리번거리는 꼴이 비밀경찰을 찾는 것 같던데, 그놈들은 여기 올 수 없어! 내가 그 바보들이 따돌렸거든? 이 아파트 단지 주위에 미러클 스타 비밀경찰들만 인식해서 자폭하는 표적 지뢰들이 수억만 개 깔려 있다고! 그 표적 지뢰를 제거하지 않고서는 여기까지 오는 게 불가능해. 그러니까 잠자코 나와! 어디로 숨었어? 내가 통닭구이로 만들어 줄 테니까!"

전기뱀장어로 변한 그가 마구 소리쳤다. 초율이 천장 무게 중심에 거꾸로 매달려 있었다. 그가 그쪽으로 강한 전류를 발사했다. 초율이 다시금 사라지더니 이번에는 창문에 붙어 있다. 그는 그쪽으로 전류를 발사했다. 이번엔 침대 맞은편 벽에 붙어 있다. 그는 더 크게 고함을 치면서 전류를 발사했다.

다시 천장, 또 다른 벽, 창문, 방바닥, 책상 위, 다시 천장. 그의 고함 소리는 점점 작아지더니, 쭈글쭈글 썩어 가는 양파처럼 변해서 숨을 할딱인다. 초율이 그의 앞으로 다가간다.

그가 마지막 모질음을 쓰면서 삼지창으로 변한 수십 개의 촉수를 초율에게 날릴 때, 사방에서 비밀경찰들이 뛰쳐나왔다. 모두 네 명이다.

그중 한 명이 양파 모양으로 생긴 푸른 호리병을 꺼냈다. 그러자 서강의 촉수가 벽에 달라붙었다. 비밀경찰이 호리병의 주둥이를 서강 쪽으로 내밀더니 그의 몸을 빨아들이기 시작했다. 이윽고 호리병 속으로 서강이 사라지고 나서야 비밀경찰이 안도의 한숨을 몰아쉬었다.

"초율아, 널 지켜 주지 못해서 미안해. 우린 수배자의 속임수에 걸려들어서, 정말 힘겹게 여기까지 올 수 있었어. 여기로 오면서도 모든 상황이 끝나 버렸으면 어떡하나, 하고 걱정했어. 근데 네가 수배자를 제압해 주었고, 그를 무사히 체포할 수 있어서 정말 다행이야! 그나저나 넌 분명 시간의 힘을 동생에게 나눠 줘서, 저 수배자랑 맞서 싸울 힘이 없었을 텐데…… 이게 어떻게 된 거지?"

"내 몸속에는 또 다른 시간의 힘이 흐르고 있거든."

초율은 수족관 앞으로 가면서 눈짓했다. 수면에 파란별이 떠다니고 있었다. 아직도 깨어나지 않은 걸 보니 그의 상태는 초율의 예상보다 훨씬 더 심각한 것 같았다. 어쩌면 수면 상태가 아니라 혼수상태일 수도 있다. 그러니까 서강이랑 싸울 때도 깨어나지 않았으리라.

다만 아가미가 움직이는 것으로 보아 아직은 숨이 붙어 있다는 걸 알 수 있다. 그걸 본 비밀경찰들이 깜짝 놀라면서 탄식했다.

물고기가 뒤집혀 있다는 것은, 이미 그 동체의 중심을 잡을 수 없을 만큼 모든 에너지가 바닥났다는 뜻이다. 파란별의 물고기로

서 생물학적인 결말이 멀지 않았다는 걸 의미했다. 몇몇 비밀경찰관이 눈시울을 문지르는 것도 그런 이유 때문이다.

"아니, 오늘 아침까지만 해도 몸이 건강했는데……! 대체 어떻게 된 거야?"

파란별이 왜 저런 상태가 되었는지, 초율의 말을 들은 그들은 더 슬픈 눈빛을 보였다.

"이해할 수가 없어. 초율이, 네가 다른 외계 종족에게 너의 시간을 다 퍼 준 것도, 파란별이 피 한 방울 섞이지 않은 너에게 모든 시간을 다 몰아준 것도."

초율은 한동안 아무런 말을 하지 않았다. 그들을 이해시킬 자신도 없고, 굳이 그렇게 하고 싶지도 않았다. 다만 파란별의 희생이 없었다면 수배자를 체포하는 건 불가능했다는 것을 강조하고 싶었다. 그건 분명한 사실이니까.

초율의 말을 들은 그들이 고개를 끄덕였다.

"미러클 스타에서는 거의 날마다 이 수배자에 대한 뉴스로 시끌시끌해. 그동안 지구에서 이놈에게 살해된 우리 동족이 스무 명이 넘어. 지난 며칠간 수배자는 엄청난 마법의 힘으로 우리를 따돌렸어. 오늘 낮 열두 시쯤 수배자가 지하철역 주위를 돌아다닌다는 첩보가 들렸고, 몰래 너를 보호하던 요원들까지 그곳으로 달려간 거야. 우린 두 시간 만에 지하철 앞에서 떡볶이를 먹고 있는 수배자를 찾아냈어. 그때부터 그놈을 미행하기 시작했지. 근데 너희 아파트 주위로 오자 더 이상 추격할 수 없었어. 수배자가 엄청난 보호막을 설치해 놓았거든. 그제야 그놈이 우리를 지하철역으로 유인했다는 것을 알게 된 거야. 그놈은 우리 요원들이 이 아파트에서 빠져나오자마자 보호막을 쳤어. 다행히 우리 요원 중에 보호막을 해체하는 전문가가 있어서 곧장 그걸 해체했지만, 한달음에 아파트 쪽으로 다가갈 수 없었어. 수배자가 너희 아파트 주위의 모든 시공간, 그러니까 허공과 땅 위 그리고 땅속 모든 곳까지 다 표적 지뢰를 설치해 놓았더라고. 표적 지뢰는 미러컬 스타의 비밀경찰들만 자동으로 인식해서 자폭하는 무서운 무기야. 인간의 시간으로 오후 세 시부터 지금까지 그 표적 지뢰를 제거하는 일을 하다 보니 이렇게 늦은 거야. 우리가 너무 늦어서 사실 절망하면서 여기까지 왔는데…… 무사히 수배자를 체포할 수 있게 되어서 다행이야. 이제 지구에 사는 모든 미러클 스타인들이 안심하고 살아갈 수 있을 거야."

그들이 한 명씩 다가와서 초율이랑 악수를 했다. 그들의 손은 말랑말랑하다. 꼭 찰흙으로 만들어진 인간 같다. 초율은 이제 체포된 수배자가 어떻게 되냐고 물었다.

호리병을 든 비밀경찰이 말했다.

"모처로 가서 조사를 받고, 미러클 스타로 호송되어서 재판을 받겠지. 아마도 생물학적인 몸이 끝날 때까지 감옥에서 살게 될 거야."

그들은 다시금 수족관에 떠다니는 파란별을 보고 고개를 숙였다. 그런 다음 초율에게 손을 흔들다가 사라졌다.

산다는 건 뭘까?

초율은 눈을 뜨자마자 시간부터 확인했다. 오전 열한 시가 넘은 상태다. 초율은 벌떡 일어나서 수족관으로 갔다. 여전히 파란별은 뒤집힌 채 떠다니고 있다. 초율은 급하게 수족관으로 들어갔다.

파란별의 눈이 움직인다. 그는 혼수상태에서 깨어나 있었다. 초율이 입으로 그의 몸을 밀어내면서 중심으로 잡으려고 해도 자세를 바로잡는 게 쉽지 않았다. 에너지가 바닥나 버린 그의 마지막은 전복되는 것이다.

다만 물속이라 중력의 간섭으로부터 자유로워서 바닥으로 가라앉지 않을 뿐이다. 파란별은 그 상태로 수족관에서 줄곧 떠다닌다. 간신히 아가미로 호흡하면서 지구에서의 시간을 연명하고 있었다.

초율은 파란별을 머리로 밀어서 인공 물풀 사이로 데려간다. 인공 물풀의 도움으로 간신히 그 동체가 균형을 잡았다. 툭 튀어나온 눈으로 초율을 불안하게 쳐다본다.

"아직 그놈이 잡히지 않았을 텐데, 그것이 걱정이야. 틀림없이 너한테 올 거야. 그나저나 비밀경찰들은 어디서 뭘 하고 있는 거지? 이럴 때 그놈이 들이닥치면 큰일인데……."

초율은 한 박자 느리게 말했다.

"그놈은 벌써 잡혀갔어. 아마 지금은 모처에서 비밀경찰들에게 조사를 받고 있을 거야."

"오, 그렇다는 것은?"

"파란별, 네가 아니었으면 난 지금 숨을 쉴 수도 없을 거야. 글쎄 그놈이 지하철 앞으로 비밀경찰을 유인한 다음, 재빠르게 우리 아파트 주위의 시공간에다 보호막과 어마어마한 표적 지뢰를 설치해 놓았어. 그러고는 어디 잡을 테면 잡아 보라는 식으로 천천히 걸어서 우리 아파트 단지로 들어온 거야. 당연히 비밀경찰들은 들어올 수가 없었지. 요원들이 보호막을 없애고, 표적 지뢰를 제거하고 여기에 왔을 땐 새벽 세 시가 훌쩍 넘은 상태였어. 만약 네가 나에게 시간의 힘을 주지 않았더라면, 나는 죽었을 거야. 그 악마는 어디론가 멀리멀리 달아나 버렸을 테고……."

초율은 서강이랑 마지막 전투에 대해서도 들려주었다.

파란별은 가만히 듣고 있다가 거의 혼잣말에 가깝게 말했다.

"아, 그놈이 달아났다면……. 아마도 그놈을 추적하기란 불가능했을 거야. 생각만 해도 끔찍하군. 우리 비밀경찰이 큰 실수를 한 거야. 그걸 네가 다 만회해 주었어. 그놈의 마지막을 보지 못한 것이 아쉽기는 해도, 너무 다행스러운 일이야. 아무튼 나 때문에 모든 일이 이렇게 어려워진 게 분명해. 난 그놈의 여자 친구인 윤하를 전혀 경계하지 않았어. 그게 실수였어. 윤하가 네 방으로 들어오는 걸 알았거든? 심지어 윤하가 호주머니에서 끄집어낸 까만 비닐봉지를 급하게 푸는 것도 봤으면서 그 뒤의 상황을 전혀 예측하지 못했어. 그만큼 방심한 거야. 윤하가 수족관에다 뭔가를 털어 냈을 때, 어처구니없게도 그걸 먹으려고 수면으로 떠올랐다니까? 내 자신이 너무 부끄러워."

파란별은 그 백색 가루를 삼키는 순간 물고기 사료가 아님을 알았다고 했다. 부랴부랴 급하게 뱉어 냈지만, 금세 호흡이 거칠어지기 시작했다고 다시금 쓴웃음을 지었다. 그는 재빠르게 마법을 써서 수족관 바깥쪽 유리 벽으로 탈출한 뒤에야 초율을 떠올렸다고 했다.

"그때 선율이 방에 들어왔지. 윤하는 물고기 밥을 주는 척하다가 선율을 따라 밖으로 나갔어. 나는 급하게 수족관으로 들어가서, 바닥에 가라앉은 널 수면으로 밀어 올렸어. 넌 이미 의식이 없는 상태였어. 그래서 미러클 스타에서 태어났을 때의 모습으로 변한 거야. 그래야만 그 극단의 상태에서 더 오래 버틸 수 있거든.

네가 나랑 같은 모습이 된 것도 생존하기 위해 본능적으로 모습을 바꾼 거였지. 난 널 안고 수족관에서 탈출했어. 그런 다음 급하게 내 몸속에 있는 시간을 네 몸으로 보내기 시작했어. 잠시 뒤에 네가 숨을 쉬기 시작했고 그렇게 넌 살아난 거야."

파란별은 어젯밤에도 그와 비슷하게 주절거린 적이 있었다. 윤하가 몰래 투하한 소금과 식초는 초율에게 치명적이었다. 파란별은 마법으로 탈출했지만 초율은 무방비 상태였으니까.

파란별이 초율에게 한 응급조치란 모든 촉수를 이용해서 자기 몸속에 있는 시간의 힘을 상대에게 충전시키는 행위라고 설명했다. 파란별의 응급조치 덕분에 초율은 살아난 것이다. 초율은 새삼 가슴이 뭉클해지고 눈시울이 뜨거워진다. 초율은 어젯밤에 묻지 못한 말을 끄집어냈다.

"근데 왜 날 살렸어?"

파란별도 한참 있다가 대답했다. 훨씬 부드러운 목소리다.

"그건 몰라. 그냥 순간적으로 행동했을 뿐. 어쩌면 널 보고 깨달았는지도 몰라. 요즘 들어 인간이 된 널 보고 진심으로 산다는 것은 뭘까, 그런 명상을 많이 했거든. 나도 인간으로 살아 봤지만 너 같은 생각을 하지는 못했어. 근데 넌 달랐어. 넌 모든 권리를 포기했잖아? 친동생도 아닌 존재를 위해서, 네가 희생하는 모습을 보고 놀랐어. 넌 내가 본 인간들하고 달랐어. 난 그런 인간을 본 적 없어. 인간이란 아무 희망 없는 이기적인 동물이라고 생각해 왔는데 말야."

"내가 수족관 물을 교환했으니까, 조금만 있으면 넌 다시 몸을 회복할 수 있잖아? 넌 단순한 물고기가 아니라 미러클 스타에서 온 특별한 생명이니까!"

파란별은 가만히 웃었다. 지느러미를 움직일 힘조차 없었다.

"이제 난 지구에서 사는 평범한 물고기일 뿐이야. 내 몸에 있던 특별한 시간의 힘이 네게 많이 흘러갔어. 네가 선율이에게 준 만큼 내 몸에서 빠져나간 거야. 넌 원래의 시간을 회복했고, 미러클 스타로 돌아갈 수도 있어. 그니까 넌 내 몫까지 잘 살아야 해."

초율은 슬픈 눈빛으로 그를 바라다본다. 억지로 상체를 흔들어 댄다.

"그래도 파란별, 너도 미러클 스타로 돌아갈 수 있는 거지?"

그것이 불가능하다는 것을 알면서도 애써 물었다.

파란별은 그저 웃기만 했다. 그 웃음이 초율을 아프게 했다. 초율은 파란별이 예전의 그 몸을 회복할 때까지 천 년이라도 기다리겠다고 말하고 싶은데, 그럴 수 없다는 사실이 더욱 마음을 아프게 했다. 이윽고 파란별의 음파가 점점 약해지고 있었다.

"아니, 돌아갈 수 없어. 내 몸속에 남아 있는 시간의 힘으로는 우주 공간을 헤치고 이동할 수가 없어. 적어도 사백 년 이상의 힘이 있어야 하는데, 너에게 삼백 년 이상의 시간을 주었으니까 남은 시간으로는 어림도 없지."

"아, 왜 그런 짓을? 내가 너한테 뭐라고……."

초율의 양 볼을 타고 눈물이 하염없이 흐른다. 물속에서도 흐르는 눈물이 느껴졌다. 파란별을 꼬옥 안아 주고 싶었다. 그러자 초율이 작은 인간으로 변했다. 초율은 두 팔로 파란별을 끌어안았다. 아가미가 없어도 물속에서 숨 쉬는 게 불편하지 않았다.

"이 바보야, 그래도 넌 돌아가야 하잖아? 너도 부모님이랑 형제들 그리고 친구들이 미러클 스타에서 기다리고 있잖아? 게다가 미러클 스타로 돌아가면 영웅 취급을 받는다며! 왜 그걸 포기하냐고!"

"그럼 넌 왜 그걸 포기했니?"

"너랑 나랑 같아? 선율인 내 동생이라고! 핏줄 그딴 게 뭐가 중요해. 우린 한집에서 십칠 년을 같이 살아온 가족이야!"

"그래그래, 맞아. 나도 너랑 같이 십오 년 이상을 살아왔잖아. 그러니까 넌 내 친구이자 가족이야."

"그래도 다르지. 난 미러클 스타로 돌아가는 걸 포기한다고 해도 앞으로 인간으로 살 수 있는데! 얼마나 더 살지 모르겠지만, 그래도 인간으로서 주어진 시간을 살 수 있다고! ……하지만 넌 미러클 스타로 돌아갈 수도 없고, 이제 곧 생물학적 시간이 끝날 수도 있어!"

"그래, 난 이제 곧 영원히 소멸해. 그게 뭐가 어때서? 어차피 언젠가는 소멸하는 건데. 괜찮아. 아쉽지 않아. 오히려 뿌듯하고 좋

아. 이런 감정은 처음이야. 난 살 만큼 살았어. 어떻게 사는 게 가장 행복한 것인지 그건 몰라. 그 누구도 정답을 몰라. 그래서 내 선택을 후회하지 않는 거야. 이제 네가 행복하기를 바라."

"아, 이런 바보가 있을까? 안 돼……. 내 시간을 다시 줄게. 넌 살아야 해. 넌 미러클 스타로 돌아가야 해."

초율은 두 팔에다 더욱 힘을 주었다. 그럴수록 따뜻함이 느껴진다. 아주 먼 훗날 어머니가 되어 새로운 생명을 잉태하면 이런 느낌일까. 순간적으로 자궁이라는 바다를 가진 어머니라는 거대한 존재가 떠오른다.

파란별은 가느다란 촉수를 너울너울 흔들면서 노래를 부른다. 정확하게 알아들을 수 없는 속삭임이었다. 바람 소리에 가깝다고나 할까.

초율은 파란별이 점점 작아지고 있음을 느꼈다. 그러더니 어느 순간 아무것도 품에 잡히지 않았다. 그걸 느끼는 순간 초율은 수족관 밖에 나와 있었다.

초율은 잘 가라고 속삭였다. 누군가의 손이 어깨에 닿았다. 초율이 고개를 돌렸다. 정우 씨가 고개를 끄덕였다. 선율은 수족관을 보면서 손을 흔들고 있었다.

정우 씨의 품속으로 초율이 빨려들었다. 정우 씨는 손을 들어 초율의 얼굴에 얼룩진 눈물을 닦아 주었다. 그것이 촉수처럼 느껴진다.

그때까지 손을 흔들고 있던 선율의 목소리가 울린다.

"파란별이 떠나는 걸 봤어. 말은 안 해도, 수많은 손을 흔들면서 작별 인사하는 것을."

작가의 말

이 글은 진짜 외계인 이야기입니다.

저는 오래전부터 외계인 이야기를 쓰고 싶었습니다. 외계인에 관한 많은 책을 읽고 공부하고 소재를 모았습니다. 그런데도 그 이야기 속으로 빠져들지 못했습니다. 왜 그랬을까요? 저는 소설이나 영화에서 다루는 외계인 이야기를 보다 보면, 그 이야기들이 저하고 너무 멀게 느껴졌습니다. 수많은 판타지 세계를 그린 작품들이 현실을 반영하듯, SF 소설도 현실의 반영이라고 생각합니다. 당연히 외계인 이야기를 그린 작품도 현실을 반영해야 합니다. 하지만 제가 상상하는 외계인 이야기를 현실과 연결하기란 쉽지 않았습니다. 그러니 글을 쓰겠다는 엄두도 낼 수 없었던 겁니다.

작년에 저를 낳아 준 어머니께서 먼 세상으로 가셨습니다. 저는 그 둥근 영혼이 당신만의 별로 돌아갔을 거라고 묵념했습니다. 순간 밤하늘의 별을 보면서, '아하, 그렇지. 우린 알 수 없는 어떤 별에서 온 생명이지. 우린 모두 외계에서 온 생명이었지' 하고 옹알이하기 시작했습니다. '그래, 우리도 외계 생명이었어.' 그런 옹알이가 깊어지는 순간, 이 소설이 떠올랐습니다.

제가 쓰고 싶었던 외계인 이야기는 바로 우리 주위에서 함께 살아가는 외계인에 대한 이야기였습니다. 그 이야기가 장례식을 하는 동안 마치 영화를 보듯이 떠올랐습니다. 어쩌면 이 이야기는 지구에서 생을 마감하고 우주의 어느 별로 돌아간 어머니라는 외계인이 준 선물인지도 모릅니다.

저는 어려서부터 제가 이상하다고 생각할 때가 많았습니다. 마음속에 또 다른 제가 존재하고 있는 것 같았거든요. 저는 왼쪽으로 가고 싶은데 정작 발은 오른쪽으로 향하기도 했고, 학교에서 시험을 볼 때도 엉뚱한 상상력에 빠져 망쳐 버린 적도 있고, 멍하니 있다가 불현듯 정신을 차려 보면 전혀 상상도 할 수 없는 곳에 와 있기도 했습니다. 그때마다 저라는 몸을 움직이게 하는 또 다른 존재가 있다고 중얼거렸습니다. 그러면서 하늘에 떠 있는 희미한 낮별들을 찾으려고 했습니다. 난 어디서 왔을까, 그런 물음표를 던지면서요.

잠자리에 들면 귀에서 이상한 울림이 거슬러 올랐습니다. 땅속 깊은 곳이나 저 하늘 어딘가에서 진동해 오는 듯한 소리. 다른 세상에서 알 수 없는 어떤 존재가 나에게 말을 걸어오는 소리가 아닐까? 혹시 내가 외계인이 아닐까? 그런 공상을 끝없이 굴리다가 잠이 들곤 했습니다.

지금과 달리 그 시절에는 수많은 생명이 태어나고 죽어 가는 것을 보거나 들을 수 있었습니다. 이웃집에서 새로운 아기가 태어나고, 소가 태어나고, 염소가 태어나고, 그 집 할아버지 할머니가 죽어가는 것을 다 느낄 수 있었다는 뜻이지요. 그토록 거룩하고도 슬픈 시간을 느끼면서 성장한다는 것은 행복한 일입니다.

어른들은 죽은 자의 영혼이 알 수 없는 별로 갔다가, 다른 생명으로 돌아온다고 했습니다. 그런 말을 들을 때마다 다시금 별을 보면서, 알 수 없는 세상을 상상했고, 나는 나중에 죽어 어떤 생명으로 되돌아올까 하고 잠을 설쳤습니다.

그러다 보니 인간과 외계 생명은 별개의 존재가 아니라는 생각도 하게 되었습니다. 우리 주위에서 살아가는 풀과 나무를 비롯하여 여러 동물 속에는 외계 생명이 섞여 있을 겁니다. 당연히 인간 속에도 그들이 섞여 있겠지요. 그러니까 외계 생명과 우리는 같이 살아갈 것이라고 상상했지요.

하지만 어른이 되어가면서 그런 공상은 백지가 되어 갔습니다. 수많은 과학적인 지식을 얻어 가면서, 어린 시절의 생각들은 더

욱더 까마득한 시간 속으로 멀어졌습니다. 그렇게 멀어져 버린 시간의 화석을, 어머니라는 외계 생명이 다시 꺼내 준 것이라고 고개를 끄덕였습니다.

아, 나는 진짜 외계인이구나! 아하, 우리는 모두 외계인이었구나! 외계인은 멀리 있지 않구나! 다만 죽어서야 알게 되는구나!

그제야 제 몸속에서 숱한 외계인들이 살았다는 것도 느낄 수 있었습니다. 초등학생 때, 중학생 때, 고등학생 때, 그 뒤로도 숱한 외계인들이 제 몸속에서 살다가 간 것이요. 그러니까 제 몸은 누군가 한 존재만을 위한 것이 아님을 깨달았다고나 할까요. 어린 시절에 어른들은 이렇게 말씀하셨지요. 너 하나가 크기 위해서, 너희 가족은 물론이요, 마을 사람들 그리고 저 산과 들, 하늘, 비와 바람까지 다 신경 쓴다고요. 제 몸속에는 바람과 햇살과 빗물이 들어 있고, 수많은 생명의 살이 들어 있고, 여러 사람의 웃음이 들어 있는 것이지요.

저는 그런 외적인 존재들의 숭고함을 알아가면서, 저라는 생명의 가치를 새삼 생각하게 되었습니다. 그때부터 한결 편안해졌습니다. 살아오면서 계속 달라지고 변덕스럽게 요동치던 제 안의 얼굴들을 이해할 수 있었습니다. 어쩌면 저는 이제야 제대로 자라는 중인지도 모릅니다.

저는 그런 생각으로 이 이야기를 받아들였습니다. 너무너무 기뻤습니다. 이렇게 한순간에 쓰여진 글도 많지 않을 것입니다. 어머니의 장례식을 마치고 돌아와서 글을 썼는데, 한 번도 이야기의 흐름이 막히지 않았습니다.

다시 말하지만 저는 외계인입니다. 농담이 아닙니다.

이 이야기를 쓰기 시작할 무렵부터, 잠을 자려고 하면 다시금 어린 시절처럼 이상한 울림이 되살아났습니다. 어느 아득한 영원 속에서 거슬러 오르는 것 같은 그 소리는 강물 소리 같기도 하고, 바람 소리 같기도 하고, 노랫소리 같기도 합니다. 이제는 그 소리를 애써 밀어내려고 하지 않습니다. 그냥 받아들이면서 먼 우주로 날아가는 상상을 합니다.

유난히도 무덥고 비가 많이 내려
지구의 미래를 걱정하는 사람들이 늘어나고 있는
2025년 여름의 끝자락에서,
이상권

우리 집에 사는 외계인들
ⓒ 이상권, 2025

초판 1쇄 인쇄일 | 2025년 11월 3일
초판 1쇄 발행일 | 2025년 11월 17일

지은이 | 이상권
펴낸이 | 정은영
편   집 | 임종현 김수진 전유진
디자인 | 이선희
마케팅 | 이언영 연병선 임동렬 임병천
IP 기획 | 신은혜 김현영
제   작 | 홍동근

펴낸곳 | (주)자음과모음
출판등록 | 2001년 11월 28일 제2001-000259호
주   소 | 10881 경기도 파주시 회동길 325-20
전   화 | 편집부 (02)324-2347, 경영지원부 (02)325-6047
팩   스 | 편집부 (02)324-2348, 경영지원부 (02)2648-1311
이메일 | jamoteen@jamobook.com

ISBN 978-89-544-7331-6 (43810)

잘못된 책은 구입한 곳에서 교환해 드립니다.
이 책의 판권은 지은이와 (주)자음과모음에 있습니다.
책 내용의 전부 또는 일부를 사용하려면 반드시 양측의 동의를 받아야 합니다.